新・御刀番 黒木兵庫

無双流仕置剣

藤井邦夫

JN259326

双葉文庫

目次

無双流仕置剣

新・御刀番　黒木兵庫

第一話　老猿始末

一

水戸城御刀蔵《みとじようおかたなぐら》には、藩祖頼房《よりふさ》以来集められた宝刀や名刀が数多く収蔵されていた。

水戸藩の御刀蔵は江戸上屋敷にもあり、当代藩主斉脩《なりのぶ》愛用の名刀が保管されている。

水戸城御刀蔵の隣にある納戸方御刀番頭《なんどかたおかたなばんがしら》の用部屋には、中庭から差し込む陽《ひ》の光が穏《おだ》やかに溢《あふ》れていた。

白鞘《しらさや》から抜かれた備前長船定景《びぜんおさふねさだかげ》の一刀は、陽差しを受けて蒼白く輝いた。

水戸藩納戸方御刀番頭の黒木兵庫《くろきひようご》は、抜いた備前長船定景の目釘《めくぎ》を外し、柔《やわ》らかい紙と布で刀身《とうしん》を拭《ぬぐ》い、打粉《うちこ》を打って再び布で拭った。そして、茎尻《なかごじり》を下に据《す》えて蒼白く輝く備前長船定景を眺《なが》めた。

蒼白く輝く備前長船定景は、刃長《はちょう》二尺二寸九分五厘（約七〇センチ）。反《そ》りは六分九厘（約二センチ）。地鉄《じがね》の肌模様《はだもよう》は杢目肌《もくめはだ》。刃紋《はもん》は丁子《ちょうじ》に互《ぐ》の目《め》……。

兵庫は、袱紗《ふくさ》を宛《あ》てがって刀身を仔細《しさい》に検《あらた》めた。

「よし……」

兵庫は、備前長船定景の保管状況を満足そうに頷《うなず》いた。

そして、布に丁子油を滲《し》み込《こ》ませて刀身に塗《ぬ》り、柔らかい紙で余分なものを拭《ふ》き取《と》り、鎺《はばき》を嵌《は》めて柄《つか》に差し込み、目釘を打って白鞘に納めた。

「黒木さま……」

配下の御刀番が戸口にやって来た。

「どうした……」

「はい。御城代《ごじょうだい》の安藤《あんどう》さまがお呼びにございます」

「安藤さまが……」

「はい」

「分かった。直《す》ぐに参る……」

兵庫は、白鞘に納めた備前長船定景の一刀を白鞘袋に入れて御刀蔵に納め、城代家老の安藤采女正《うねめのしょう》の用部屋に向かった。

城代家老安藤采女正の用部屋は、静けさに満ちていた。

「お呼びですか……」

黒木兵庫は、文机《ふづくえ》に向かっている城代家老の安藤采女正に声を掛けた。

「おお。黒木、入ってくれ」

安藤は、兵庫を用部屋に招き入れた。

「はっ……」

兵庫は、用部屋に入って安藤の前に座った。

「して、御用は……」

「急ぎ江戸表《えどおもて》に行ってくれ」

安藤は告げた。

「江戸に……」

「うむ。江戸目付頭《めつけがしら》の松木帯刀《まつきたてわき》の書状によると江戸表が何やらきな臭いようだ」

安藤は、腹立たしさを滲《にじ》ませた。

「きな臭い……」

兵庫は、戸惑いを浮かべた。

「うむ。下手《へた》をすれば虎松《とらまつ》さま、いや、京之介《きようのすけ》さまが巻き込まれる恐れがあるそうだ」

虎松は、既に十二歳になり、幼名を京之介に変えていた。

「虎松さまが……」

兵庫は眉《まゆ》をひそめた。

黒木屋敷は水戸城下の外れにあった。

兵庫は下城し、屋敷に急いだ。

「あっ。兵庫さま……」

向かいから来た若い小者《こもの》が、兵庫に気が付いて駆け寄って来た。

「おお。新八《しんぱち》……」

新八は、黒木家に長年奉公している老下男五平《ろうげなんごへい》の十八歳になる孫であり、見習下男を務めていた。

「江戸表のお眉《まゆ》の方《かた》さまから書状が届き、大旦那さまが兵庫さまに直ぐに報《しら》せろと……」

新八は告げた。

「お眉の方さまから書状……」

「はい……」

お眉の方は、水戸藩藩主水戸斉脩の側室《そくしつ》であり、若君《わかぎみ》京之介こと虎松の生母だった。そして、家臣の娘のお眉の方は、黒木家とも知り合いであり、兵庫とは幼馴染《おさななじ》みと云《い》えた。そのお眉の方は、七年前に裏柳生《うらやぎゅう》の刺客《しかく》に狙われた虎松が兵庫の警護で江戸に行った後、追って江戸に赴《おもむ》いていた。

「よし……」

兵庫は、屋敷に走った。

新八は続いた。

兵庫は、お眉の方からの書状を読んだ。

父親の嘉門《かもん》は、書状を読む兵庫を見守った。

兵庫は、書状を読み終えて小さな吐息《といき》を洩《も》らした。

「読んだか……」

「はい……」

「江戸表で何が起きているのか……」

嘉門は、白髪眉《しらがまゆ》をひそめた。

「何《いず》れにしろ、京之介さまが巻き込まれる恐れがあるとの、お眉の方さまの御懸念、尋常《じんじょう》ではありませんね」

兵庫は読んだ。

「うむ。直ぐに参らねばなるまい」

「はい。父上、今日、御城代の安藤さまが江戸表がきな臭いとの江戸目付頭の松木帯刀からの書状を受け、江戸に急げとの命《めい》を受けました」

兵庫は告げた。

「そうか。事は御家老の知る処《ところ》か……」

「はい。京之介さまに害が及ばなければ好いのですが……」

「そうさせぬのが、兵庫、お前の役目と心得《こころえ》て事に当たるのだ」

嘉門は命じた。

「心得ました」

兵庫は頷いた。

「兵庫さま……」

敷居際に新八がやって来た。

「おお、仕度《したく》は出来たか……」

「はい。お着替えをお急ぎ下さい」

「うむ。では、父上……」

兵庫は、裃《かみしも》を脱ぎ、羽織《はおり》と軽衫袴《かるさんばかま》に着替えを急いだ。


江戸迄《まで》三十里（約一一八キロ）。

旅姿になった兵庫は、新八を従えて江戸に出立《しゅったつ》した。

嘉門と老下男の五平は、江戸に向かう兵庫と新八を見送った。

「新八、兵庫さまの足手纏《あしでまと》いにならなければいいのですが……」

五平は、孫の新八を案《あん》じた。

「心配するな、五平。新八は此《こ》の黒木嘉門の最後の弟子《でし》だ」

嘉門は笑った。

陽は大きく西に傾《かたむ》いていた。

夕陽は、水戸城の天守閣《てんしゅかく》を美しく輝かせていた。

兵庫は、新八と共に夕方の水戸城下を発《た》ち、江戸に向かった。

京之介こと虎松を連れて江戸に向かったのは、もう七年も前の事だ。以来、京之介こと虎松は江戸で暮らし、兵庫は水戸城下に戻った。そして、御刀番頭の役目で水戸と江戸を行き来していた。

日は暮れた。

兵庫と新八は、夜の水戸街道を進んだ。

隅田川《すみだがわ》は滔々《とうとう》と流れていた。

黒木兵庫は、小者の新八を従えて千住大橋《せんじゅおおはし》を渡った。

江戸だ……。

兵庫は、千住大橋の南詰《みなみづめ》に立ち止まり、江戸の町を眺めた。

千住大橋の南詰には、浅草広小路《あさくさひろこうじ》に続く千住街道と下谷《したや》に抜ける奥州街道裏《おうしゅうかいどううら》道《みち》があり、多くの旅人が行き交っていた。

千住街道を浅草広小路に抜ければ、隅田川に架かっている吾妻橋《あづまばし》に出る。

吾妻橋を渡れば中之郷瓦町《なかのごうかわらまち》であり、水戸藩江戸下屋敷に行ける。

奥州街道裏道を入谷《いりや》に進むと、東叡山寛永寺《とうえいざんかんえいじ》の横手から下谷広小路に出る。そして、明神下《みようじんした》の通りから神田川《かんだがわ》沿いの道に出て西にある小石川御門《こいしかわごもん》に進むと、常陸《ひたち》国水戸藩江戸上屋敷に出る。

先《ま》ずは藩主水戸斉脩や江戸目付頭の松木帯刀のいる江戸上屋敷に行くか、それとも京之介こと虎松とお眉の方が暮らしている向島《むこうじま》の江戸下屋敷に行くか……。

兵庫は迷った。

「兵庫さま……」

新八は、迷う兵庫に戸惑った。

「うむ。新八、俺は上屋敷に行く。お前は京之介さまとお眉の方さまの暮らす下屋敷に行き、様子を探って来てくれ」

兵庫は命じた。

「心得ました」

新八は頷いた。

「ならば、行け」

「はい」

新八は、兵庫に会釈《えしやく》をして千住街道を浅草広小路に急いだ。

兵庫は見送り、塗笠《ぬりがさ》を目深《まぶか》に被《かぶ》り直して奥州街道裏道に進んだ。

神田川の流れは煌《きら》めき、様々な船が行き交っていた。

兵庫は、神田川に架《か》かっている水道橋《すいどうばし》の袂《たもと》から水戸藩江戸上屋敷を眺めた。

水戸藩江戸上屋敷は表門を開けており、家臣たちが出入りをしていた。

兵庫は、小石川御門や水戸藩江戸上屋敷の周囲に見張っている者を捜した。だが、見張っているような者はいなく、変わった様子は窺《うかが》えなかった。

兵庫は見定めた。

よし……。

兵庫は、水戸藩江戸上屋敷に向かった。


兵庫は、顔見知りの番士《ばんし》たちに迎えられて表門を潜《くぐ》った。

水戸藩江戸上屋敷は、穏やかな雰囲気《ふんいき》を漂《ただよ》わせていた。

水戸藩藩主は参勤交代《さんきんこうたい》のない江戸定府《じようふ》であり、江戸上屋敷の奥御殿で暮らしている。だが、上屋敷には厳しい緊張感もなく落ち着きに満ちていた。

兵庫は、上屋敷内に異変や違和感を感じる事はなかった。

よし……。

兵庫は見定め、江戸に来る度《たび》に使っている侍長屋の一室で旅装《りようそう》を解《と》いた。そして、江戸目付頭松木帯刀の用部屋に向かった。

「おお、兵庫。参ったか。入ってくれ」

江戸目付頭の松木帯刀は、訪れた兵庫を用部屋に招き入れた。

「うむ。只今《ただいま》、到着した……」

兵庫は、学問所で机を並べていた松木帯刀に挨拶《あいさつ》をした。

「御苦労だったな」

松木は、兵庫を労《ねぎら》った。

「いや……」

松木配下の若い目付が、松木と兵庫に茶を持って来た。

「忝《かたじけな》い。戴《いただ》く……」

兵庫は、茶を飲んだ。

「して、帯刀。きな臭い事とは……」

兵庫は、茶碗を置いて松木を見詰めた。

「それなのだが、兵庫。過日、向島の下屋敷に土方縫殿助《ひじかたぬいのすけ》が訪れたそうだ」

松木は囁《ささや》いた。

「土方縫殿助が……」

兵庫は眉をひそめた。

土方縫殿助は、老中水野出羽守忠成《みずのでわのかみただあきら》が藩主の駿河《するが》国沼津《ぬまづ》藩の家老であり、策《さく》謀家《ぼうか》として評判の高い男だ。

「うむ。向島に所用があって参り、京之介さまの御機嫌伺《ごきげんうかが》いにと、訪れたそうだ」

「して、京之介さまはお逢《あ》いになられたのか……」

「うむ。土方は老中水野出羽守の懐刀《ふところがたな》と称されている者。下屋敷留守居頭《るすいがしら》の藤森《ふじもり》どのが苦慮《くりよ》されたが、京之介さまが逢おうと仰《おつしや》り……」

「逢われたか……」

兵庫は読んだ。

「うむ……」

松木は頷いた。

「して……」

「土方縫殿助、時候《じこう》の挨拶をして立ち去ったそうだ……」

松木は、困惑を浮かべた。

「時候の挨拶だけで……」

「うむ。土方縫殿助、江戸家老の榊原《さかきばら》さまと画策《かくさく》して、上様《うえさま》姫君峰姫《みねひめ》さまを我が殿の正室《せいしつ》に押し込んだ策謀家、只の時候の挨拶だけではあるまい」

松木は睨《にら》んだ。

「裏で何か企《くわだ》てているか……」

兵庫は、お眉の方が懸念している理由が良く分かった。

「おそらく……」

「分かった。京之介さまを巻き込んでの謀《はかりごと》を企てているなら許せぬ所業《しょぎょう》……」

兵庫は、厳しい面持《おもも》ちで告げた。

「ならば、兵庫。此度《こたび》の一件、裏に何が潜《ひそ》んでいるか分からぬが、探ってみてくれるか……」

「心得た。もし睨み通りなら、斬《き》り棄《す》てる迄……」

兵庫は、不敵に云い放った。

隅田川には様々な船が行き交っていた。

本所横川《ほんじょよこかわ》の流れは、水戸藩江戸下屋敷の南側で源森川《げんもりがわ》となり、隅田川に流れ込んでいた。

新八は、流れに架かっている源森橋の袂から表門を閉めている水戸藩江戸下屋敷を眺めた。

水戸藩江戸下屋敷は小梅御殿《こうめごてん》とも呼ばれ、庶子《しょし》の京之介こと虎松と生母のお眉の方が暮らしている。

新八は、向島界隈《かいわい》の寺の寺男《てらおとこ》や神社の下男たちに水戸藩江戸下屋敷に変わった様子や噂《うわさ》がないか、それとなく聞き込みを掛けた。だが、変わった様子や噂はなかった。

よし、もう一廻りだ……。

新八は、料理屋や茶店の者たちに粘り強く聞き込みを続けた。

向島の土手道の桜並木は、隅田川からの川風に緑の葉を揺らしていた。

御座《ござ》の間《ま》には夕陽が差し込んでいた。

兵庫は、御座の間に伺候《しこう》し、上段の間にいる水戸藩藩主斉脩に出府《しゅっぷ》の挨拶をした。

「兵庫、此度は長くいるのか……」

斉脩は、屈託《くったく》なく尋《たず》ねた。

「はい。江戸の御刀蔵に納められている数々の御刀、すべてを検め、手入れをしようかと存じまして……」

兵庫は告げた。

「そうか……」

斉脩は、笑みを浮かべて頷いた。

「それにしても黒木、急な出府だな」

控えていた江戸家老の榊原淡路守《あわじのかみ》は、薄い笑みを浮かべた。

「はい。いろいろ気になる事がありましてな」

兵庫は、榊原を見据えた。

江戸家老の榊原淡路守は、土方縫殿助が峰姫を斉脩の正室に押し込む画策をした時、密《ひそ》かに繋《つな》がっていた間柄だ。

兵庫は、榊原の様子を窺った。

「気になる事……」

榊原は眉をひそめた。

「はい。勿論《もちろん》、御刀蔵に納められている刀に拘《かか》わる事ですがね」

兵庫は笑った。

水戸藩江戸上屋敷の敷地は広く、表御殿と奥御殿、重臣屋敷、侍長屋、中間《ちゅうげん》長屋、土蔵、厩《うまや》、作事小屋《さくじごや》などがあった。

侍長屋の兵庫の家には、明かりが灯《とも》されていた。

新八か……。

兵庫は、侍長屋の家の腰高障子《こしだかしょうじ》を開けた。

「お帰りなさい……」

新八が、表御殿の台所で作られた飯や汁、総菜《そうざい》を運び、夕餉《ゆうげ》の仕度をしていた。

「うむ。御苦労だったな」

「いえ。それで向島の下屋敷の事ですが……」

兵庫は労った。

新八は、報告をしようとした。

「新八、そいつは晩飯を食べながらだ」

「えっ……」

「一緒に食おう。お前の膳《ぜん》も仕度しろ……」

兵庫は笑った。

「は、はい……」

新八は、自分の膳の仕度も始めた。

燭台《しょくだい》の火は揺れた。

兵庫と新八は、晩飯を食べた。

「して、新八。下屋敷の様子はどうだった」

兵庫は尋ねた。

「はい。変わった様子は窺えず、界隈の寺や神社の者たちにそれとなく訊《き》いても、不審な事や妙な噂はありませんでした」

新八は報せた。

「そうか……」

兵庫は頷いた。

「それで、向島の料理屋や茶店の者たちにも訊いたんですが……」

「不審な事や妙な噂はなかったか……」

「はい。ですが、下屋敷の南側、源森川の流れを挟《はさ》んだ中之郷瓦町の木戸番《きどばん》が、夜廻《よまわ》りの時に下屋敷を窺っている侍たちを見掛けた事があると……」

新八は、聞き込みの範囲を向島の南側にある中之郷瓦町に迄、広げていた。

「夜中に下屋敷を窺っている侍たちか……」

兵庫は眉をひそめた。

「はい……」

新八は頷いた。

「そうか。御苦労だった」

「いいえ……」

「新八。今度の騒ぎ、どうやら土方縫殿助と申す者が絡《から》んでいるようだ」

兵庫は告げた。

「土方縫殿助ですか……」

新八は、土方縫殿助を知らなかった。

「うむ。土方縫殿助、老中水野忠成さまの懐刀と呼ばれている男でな……」

兵庫は、土方縫殿助がどのような者か新八に詳《くわ》しく教えた。

新八は、飯を食べるのも忘れて土方縫殿助の話を聞いた。

「油断のならぬ男だ……」

「はい……」

新八は、緊張した面持ちで喉《のど》を鳴らして頷いた。

「よし。明日は虎松さまとお眉の方さまの御機嫌伺いに行くぞ」

兵庫は笑った。


水戸藩江戸上屋敷の御刀蔵には、藩主斉脩愛用の名刀などが納められている。

兵庫は、江戸上屋敷詰《づめ》の御刀番配下の者たちに命じて用部屋に名刀を運ばせ、仔細に検めた。

配下の御刀番は、頭の兵庫の云《い》い付《つ》けを護《まも》り、満足な管理をしていた。

「よし……」

兵庫は、満足げに頷いた。

そして、新八を従えて向島の水戸藩江戸下屋敷に向かった。

神田川には、櫓《ろ》の軋《きし》みが長閑《のどか》に響いていた。

二

隅田川に架かっている吾妻橋は、浅草広小路と北本所を結び、多くの人たちが行き交っていた。

兵庫は、新八を伴《ともな》って吾妻橋を渡り、隅田川沿いの道を源森橋に進んだ。そして袂に佇《たたず》み、水戸藩江戸下屋敷を窺った。

水戸藩江戸下屋敷は表門を閉じ、出入りする者もいなかった。

表門前の土手道に行き交う者はいるが、物陰に潜んで見張っているような者はいなかった。

「妙な奴はいませんね」

新八は見定めた。

「うむ。ならば新八、下屋敷の表御殿の様子と下屋敷詰の家来たちの様子をな」

兵庫は命じた。

「心得ました」

新八は頷いた。

兵庫は、水戸藩江戸下屋敷に向かった。

水戸藩江戸下屋敷は、明るさと穏やかさに満ちていた。

兵庫は、新八を表御殿に残し、下屋敷詰の家来に誘《いざな》われて奥御殿に進んだ。

京之介とお眉の方母子は、奥御殿で暮らしていた。

兵庫は書院に通され、京之介とお眉の方が来るのを待った。

「やあ。兵庫の父上……」

京之介と虎松が現れ、兵庫の前に座った。

兵庫は平伏《へいふく》した。

「京之介さまにおかれましては御機嫌麗《うるわ》しく……」

兵庫は、挨拶を始めた。

「兵庫の父上、堅苦《かたくる》しい挨拶は無用です」

京之介は、変わり始めた声を弾《はず》ませて遮《さえぎ》った。

「京之介さま、拙者《せっしゃ》と父と子を演じたのは七年前。水戸を逃《のが》れて江戸に来る迄の窮余《きゅうよ》の一策、昔の話にございます。それ故《ゆえ》、そのような呼び方は、もうお止め下さい」

兵庫は苦笑した。

「でも……」

京之介は、眉を曇らせた。

「京之介さま……」

兵庫は遮った。

「うん……」

「私が何故、虎松さまではなく京之介さまと呼ぶのかお分かりですか……」

「それは、名が幼名の虎松ではなく京之介に変わったからだ」

「その通り。此の黒木兵庫、七年前の逃れ旅をした時とは違い、只の水戸藩納戸方御刀番頭の家臣。それ故、黒木兵庫とお呼び下さい」

兵庫は笑い掛けた。

「京之介どの……」

お眉の方が入って来た。

「此《これ》は、お眉の方さま……」

兵庫は平伏した。

「兵庫どのにはお変わりなく、お父上の嘉門さまも息災《そくさい》にお過ごしですか……」

お眉の方は、水戸藩家臣の娘であり、黒木家とは近所付き合いをしていた仲だった。

「はい。達者にしております」

兵庫は告げた。

「五平さんも……」

お眉の方は、老下男の五平も気に掛けてくれた。

「はい。尤《もっと》も今は孫の新八が仕事の殆《ほとん》どをしておりますが……」

兵庫は苦笑した。

「それは重畳《ちょうじょう》。して、京之介どの、人には立場というものがあります。兵庫の父上などと呼んでは、兵庫どのに思わぬ禍《わざわい》が及《およ》ぶやもしれませんよ」

お眉の方は、京之介を見据えて諫《いさ》めた。

「そうか。分かりました……」

京之介は、不服気に頷いた。

「そうだ、京之介どの。過日、お父上さまから拝領《はいりょう》した脇差《わきざし》を兵庫どのにお見せ致すと良い」

お眉の方は、京之介に勧《すす》めた。

「ああ、そうだ。脇差、今、持って来ます」

京之介は、書院から足早に出て行った。

兵庫は見送った。

「兵庫どの……」

「お眉の方さま、御懸念は土方縫殿助にございますか……」

兵庫は尋ねた。

「はい……」

「過日、土方縫殿助、京之介さまの御機嫌伺いに立ち寄ったとか……」

「はい。驚きました。留守居頭の藤森どのが何とかお帰り願おうとしたのですが、どうしてもと仰り……」

お眉の方は眉をひそめた。

「京之介さまがお逢いになられましたか……」

「はい。逢えば良いんだろうと笑って……」

「逢えば良いんだろうと笑って……」

兵庫は眉をひそめた。

「はい。未だ子供ですから……」

お眉の方は困惑した。

「お眉の方さま、それで京之介さま、土方と逢って、どのような事を云いましたか……」

「それが、御自分の名を告げ、時候の挨拶に、うむ、そうか、大儀と……」

「うむ、そうか、大儀と。他には……」

兵庫は、お眉の方を見詰めた。

「笑っていました。土方さまが何を云っても笑っていました……」

「笑っていた……」

兵庫は微笑《ほほえ》んだ。

「はい。京之介は最初から最後迄笑っていました」

お眉の方は、不安そうに頷いた。

「成《な》る程《ほど》。お眉の方さま。京之介さまは我らが思っているより、子供ではないようです」

兵庫は、微笑みを浮かべて告げた。

「兵庫どの……」

お眉の方は戸惑った。

「土方縫殿助はおそらく京之介さまの値踏《ねぶ》みをしに来た……」

「きっと……」

お眉の方は頷いた。

「ですが、京之介さまは土方に値踏みをする隙《すき》を見せなかった……」

兵庫は読んだ。

「兵庫どの……」

お眉の方は、驚きを過《よぎ》らせた。

「見てくれ……」

京之介は、金襴《きんらん》の刀袋に入った脇差を持って戻って来た。

「此が、お父上さまから拝領した脇差だ……」

京之介は、刀袋から脇差を取り出した。

「ならば、京之介さま。刀の扱いをお教え致しましょう」

兵庫は微笑んだ。

新八は、下屋敷の門番所を訪れていた。

「へえ。新八は黒木嘉門さまに剣術を教わっているのか……」

下屋敷詰の家来の宮坂竜之進《みやさかりゅうのしん》は、同じ年頃の小者の新八に感心した。

「はい。そりゃあもう、厳しい稽古《けいこ》ですよ」

新八は苦笑した。

「しかし、黒木家の無双流《むそうりゅう》は一子相伝《いっしそうでん》だと聞いているが……」

「勿論です。大旦那の嘉門さまは、男として闘いに臆《おく》せぬようにと、手前に稽古を付けて下さっているんですよ」

「成る程、そうか……」

宮坂は頷いた。

「それで、宮坂さま。下屋敷の御家来衆で一番の遣《つか》い手《て》は何方《どなた》ですか……」

新八は尋ねた。

「さあて、此と云った遣い手はいないかな」

宮坂は首を捻《ひね》った。

「留守居頭の藤森半蔵《はんぞう》さまは……」

「此処《ここ》だけの話だが、藤森さまは剣よりも口先の遣い手だ」

宮坂は声を潜めた。

「へえ、口先の遣い手ですか……」

新八は苦笑した。

「ああ。京之介さまとお眉の方さまのお住まいである此の下屋敷は長閑なもんだよ」

宮坂は笑った。

「じゃあ、此処《ここ》の処《ところ》、下屋敷に変わった事や妙な事はありませんか……」

「ああ。此の前、いきなり沼津藩家老の土方縫殿助さまが来たぐらいだよ」

宮坂は、大きく背伸びをした。

「そうですってねえ。で、その後、土方さまは……」

「うん。で、後日、不意に訪れて迷惑を掛けたと、鯛《たい》や海老《えび》、菓子《かし》などを我らに迄、届けて来た。もう、良く気の廻《まわ》るお方だよ」

宮坂は、感心していた。

「じゃあ、又《また》不意に来て貰《もら》いたいぐらいですか……」

「ああ。皆もそう云っているよ」

宮坂は笑った。

「宮坂さま……」

下男がやって来た。

「おう。何だ……」

「先程、深編笠《ふかあみがさ》を被った二人のお侍がお屋敷を窺っていたと、裏の常泉寺《じょうせんじ》の寺男が云っていましたよ」

下男が報せた。

「何処《どこ》かの浅葱裏《あさぎうら》が御三家水戸家の下屋敷だと見物でもしていたんだろ」

宮坂は、意に介《かい》さなかった。

深編笠を被った二人の侍……。

新八は気になった。

新八は、水戸藩江戸下屋敷の裏門を出て辺りを窺った。

裏門の前には隅田川に続く源森川の流れがあり、通りに人影はなかった。

新八は、隅田川とは反対側の裏手にある常泉寺に向かった。

西日は、隅田川越しに水戸藩江戸下屋敷を照らしていた。

兵庫は、京之介とお眉の方に見送られて奥御殿を後にした。そして、表御殿にいる下屋敷留守居頭の藤森半蔵に挨拶をした。

「御造作をお掛け致しましたな。藤森どの……」

「いえ。京之介さまと久々の御対面。話も弾まれた事でしょう」

藤森は、京之介と兵庫の拘《かか》わりを知っていた。

「ええ……」

兵庫は苦笑した。

「それは良かった」

「処《ところ》で藤森どの。京之介さまの身辺の警護を怠《おこた》らぬようにお願いしますぞ」

兵庫は告げた。

「く、黒木どの、何か……」

藤森は、緊張を露《あらわ》にした。

「いや。京之介さまも十二歳。いろいろある年頃ですからな」

兵庫は、言葉を濁《にご》した。

「成る程、分かり申した。下屋敷詰の心利《こころき》く者共に警護させましょう」

藤森は頷いた。

夕暮れ近くの隅田川には、行き交う船は少なかった。

兵庫は、新八を伴って水戸藩江戸下屋敷を出て源森橋に向かった。

「兵庫さま。昼過ぎ、深編笠を被った侍が二人、下屋敷を窺っていたそうです」

新八は報せた。

「深編笠を被った二人の侍……」

「はい。下屋敷の裏にある常泉寺の寺男が見ておりましてね。忍び込む処を探している盗人《ぬすっと》のようだったと……」

新八は、常泉寺を訪れて寺男から深編笠を被った二人の侍について聞き込んでいた。

「新八……」

「はい……」

兵庫は、源森橋の袂で立ち止まった。

「下屋敷や詰めている家来たちに不審な事はなかったか……」

「はい。不審な事はありませんでした」

「ならば、下屋敷の警備、どうだった」

「穴だらけの上に御家来衆の気も緩《ゆる》んでいますよ」

新八は、不満げに告げた。

「穴だらけで気も緩んでいるか……」

兵庫は眉をひそめた。

「ええ。それに大した剣の遣い手もいないようでして、襲われたら一溜《ひとたま》りもないかと……」

新八は心配した。

「そうか……」

「何でしたら、今晩、俺が見張ってみましょうか……」

新八は告げた。

「うむ。そうしてくれるか。俺は目付頭の松木帯刀に下屋敷に手練《てだ》れの家来を詰めさせるように頼む」

兵庫は、己と新八のやる事を決めた。

隅田川は夕陽に煌めいた。

燭台の火は瞬《また》いた。

「深編笠を被った二人の侍か……」

松木帯刀は眉をひそめた。

「うむ。下屋敷の様子を窺っていたそうだ」

「そこでだ、帯刀。暫《しばら》く下屋敷に手練れを詰めさせてくれぬか……」

兵庫は頼んだ。

「心得た。明日、急ぎ手配《てくば》りする」

松木は頷いた。

「頼む……」

「処で、兵庫。土方縫殿助、何しに下屋敷を訪れたのか分かったか……」

「おそらく京之介さまの値踏み……」

「京之介さまの値踏み……」

松木は眉をひそめた。

「うむ。何らかの企《くわだ》てに京之介さまが使えるか、使えぬかの値踏み……」

兵庫は苦笑した。

「おのれ、無礼な……」

松木は、怒りを過《よぎ》らせた。

「ま、肝要《かんよう》なのは企てが何かだ……」

兵庫は眉をひそめた。

「おのれ……」

「そいつは、土方の出方を見るしかあるまい」

「うむ……」

「よし。配下の手練れに土方縫殿助を見張らせ、その動きを見定めて企てを探るか……」

松木は、配下の目付を使う事にした。

「うむ……」

兵庫は頷いた。

夜の隅田川の流れには、船遊びの屋根船の明かりが幾つも映《は》えていた。

向島の土手道に行き交う人は途絶え、寺や神社は虫の音《ね》に覆《おお》われていた。

新八は、源森橋の北詰の暗がりに潜み、水戸藩江戸下屋敷の表と横手の道を見張っていた。

源森橋の向こうの町家地からは、夜廻りの木戸番の打つ拍子木《ひようしぎ》の音が響いて来ていた。

刻は何事もなく過ぎた。

新八は、吾妻橋の方から来る二つの人影に気が付き、夜の闇に眼を凝《こ》らした。

二つの人影は、深編笠を被った侍だった。

常泉寺の寺男が云っていた者たちか……。

新八は、緊張を滲ませて見守った。

深編笠を被った二人の侍は、源森橋を渡って新八の目の前を通り過ぎ、水戸藩江戸下屋敷の表門前に佇んだ。

新八は、喉を鳴らした。

深編笠を被った二人の侍は、下屋敷内の様子を窺った。

下屋敷は眠りに沈んでいた。

深編笠を被った二人の侍は見定めた。

近くの寺が、亥《い》の刻四つ（午後十時）の鐘の音を響かせた。

深編笠を被った二人の侍は、下屋敷の横手の道に廻って奥に進んだ。

新八は、暗がり伝《づた》いに追った。

深編笠を被った二人の侍は、下屋敷の裏門に近付いた。

裏門が開き、提灯《ちょうちん》を持った中間が現れて深編笠を被った二人の侍に駆け寄った。

新八は、暗がりに潜んで見守った。

中間の名は分からぬが、表門脇の門番所で見掛けた顔だ……。

新八は見定めた。

深編笠を被った二人の侍は、中間と何事か言葉を交わした。

中間は、何事かを伝えて裏門から屋敷に戻って行った。

深編笠を被った二人の侍は、中間が何事もなく下屋敷に戻ったのを見届け、源森橋の北詰に戻り始めた。

新八は、暗がりで息を止めて遣《や》り過《す》ごした。

どうする……。

新八は、源森橋を渡って行く深編笠を被った二人の侍を見送った。

よし……。

新八は、暗がり伝いに深編笠を被った二人の侍を尾行《つけ》る事に決めた。

行き先を見届け、身許《みもと》を突き止める……。

新八は、深編笠を被った二人の侍を追った。

大川《おおかわ》で遊んでいた屋根船も引き上げ、流れには月影が揺れていた。

深編笠を被った二人の侍は、吾妻橋の東詰を抜けて大川沿いの道を両国橋《りょうごくばし》に向かった。

新八は、慎重に尾行た。

深編笠を被った二人の侍は、大川沿いの道を進み、伊勢《いせ》国津《つ》藩江戸下屋敷の傍《そば》を通って両国橋に出た。

両国橋を渡るのか……。

新八は追った。

深編笠を被った二人の侍は、両国橋を渡り始めた。

両国橋は長さ九十六間（約一七四メートル）、左右に欄干《らんかん》が続くだけで隠れる処はない。

新八は、姿の見える限界迄離れ、体勢を低くして尾行した。

両国広小路は昼間の賑《にぎ》わいが嘘《うそ》のように静寂に覆われていた。

深編笠を被った二人の侍は、両国橋を渡って両国広小路を横切り、浜町堀《はまちょうぼり》に向かった。

何処迄《どこまで》行く……。

新八は追った。

浜町堀の左右には町家が連《つら》なり、大川に近付くにつれて東岸は武家地となり、旗本屋敷や大名家の江戸中屋敷や下屋敷が並んでいた。

深編笠を被った二人の侍は、浜町堀の東岸を進んだ。

やがて、東岸の町家の連なりは、栄橋《さかえばし》辺りから旗本大名の屋敷が並ぶ武家地となる。

深編笠を被った二人の侍は、並ぶ大名屋敷の一つに入った。

新八は見届けた。

そして、大きな吐息を洩らして緊張を解いた。

何処の大名家の屋敷なのか……。

新八は、辺りを見廻した。

浜町堀に架かっている入江橋《いりえばし》の西詰に小さな明かりが浮かんでいた。

新八は眼を凝《こ》らした。

入江橋の西詰は町家地であり、夜鳴蕎麦屋《よなきそばや》が屋台を出していた。

よし……。

新八は、夜鳴蕎麦屋に向かって走った。

三

「して、その二人の深編笠を被った侍は、浜町堀にある駿河国沼津藩江戸中屋敷に入ったのだな……」

兵庫は眉をひそめた。

「はい。近くの橋の袂で商売をしていた夜鳴蕎麦屋の親父が教えてくれました」

新八は報せた。

「そうか。沼津藩の中屋敷となると、深編笠を被った二人の侍は、老中水野出羽守忠成家中の家臣。家老の土方縫殿助の配下に違いあるまい」

兵庫は睨んだ。

「はい……」

新八は頷いた。

「よし、新八。明日、下屋敷に行き、土方配下の深編笠の侍と逢っていた中間が何を探っているのか突き止めろ」

兵庫は命じた。

「はい。野郎、土方の密偵ですかね」

新八は、微《かす》かな怒りを過《よぎ》らせた。

「うむ。土方縫殿助、何を企てているのか……」

兵庫は、厳しさを滲ませた。

燭台の火は、油が切れたのか音を鳴らして瞬いた。


土方縫殿助は何を企てているのか……。

兵庫は、思いを巡《めぐ》らせた。

水戸徳川家には、狡猾《こうかつ》な古狐《ふるぎつね》の土方に付け狙われるような弱味があるのか……。

そして、それは京之介に拘わりのある事なのだ。

京之介の絡んでいる水戸徳川家の弱味……。

兵庫は、水戸徳川家の弱味を思い浮かべ、京之介が絡んでいるかどうか検めた。

家督相続……。

水戸徳川家の憂鬱《ゆううつ》は、斉脩に世継《よつ》ぎの嫡子《ちゃくし》を定めていない事だ。

京之介は側室お眉の方の庶子であり、正室の産んだ嫡子ではない。

かつて斉脩は、京之介を嫡子として公儀に届けようとしたが、正室の峰姫が強く反対して叶《かな》わなかったのだ。

峰姫は、土方縫殿助の主《あるじ》である老中水野出羽守を動かし、父親である十一代将軍家斉《いえなり》に反対させたのだ。

以来、斉脩は水戸徳川家の家督を相続する嫡子を決めていなかった。

一番の問題は、正室の峰姫が子を産まぬ事だった。

正室の峰姫が男児を産めば、水戸徳川家の家督を相続する嫡子になる。だが、峰姫懐妊《かいにん》の報せはなく、お眉の方を始めとした側室たちに子は生まれていた。

京之介の絡む水戸徳川家の弱味は、家督を継ぐ嫡子が決まっていない事なのかもしれない。

老中水野忠成と土方縫殿助は、そこを突いて何かを仕掛けようとしている……。

兵庫は、納戸方御刀番の用部屋で斉脩の愛刀の手入れをしながら、水戸徳川家の弱味を探した。

御刀番の配下がやって来た。

「お頭《かしら》……」

「何だ……」

「御目付の松木さまがお見えにございます」

「帯刀が……」

「はい」

「お通り戴け……」

兵庫は、微かな胸騒ぎを覚えた。

「邪魔をする」

目付頭の松木帯刀が入って来た。

「どうした、帯刀……」

兵庫は、怪訝《けげん》な面持ちで迎えた。

「うむ。今聞いたのだが、本郷《ほんごう》の中屋敷にお住まいだった峰姫さま、上屋敷に戻られるそうだ」

松木は、戸惑いを浮かべた。

「何、上屋敷に戻られる……」

兵庫は眉をひそめた。

峰姫は、上様姫君なのを良い事に上屋敷を出て本郷の中屋敷で勝手気儘《かってきまま》に暮らしていた。その峰姫が江戸上屋敷に戻って来る。

「うむ……」

「何故に……」

「分からぬ。だが、水戸徳川家の家督を相続する嫡子に絡んでの事かもしれぬ」

松木は読んだ。

「うむ。帯刀、ひょっとしたら峰姫さまが上屋敷に戻られるのは、土方縫殿助の動きと拘わりがあるのかも……」

兵庫は睨んだ。

「うむ……」

松木は頷いた。

「よし。帯刀は峰姫さまの真意を探ってくれ。私は土方縫殿助の企てが何か、突き止める……」

兵庫は、手入れをしていた刀を片付け始めた。

向島の水戸藩江戸下屋敷では、いつものように穏やかな日が始まっていた。

新八は、表門の取次《とりつぎ》番士の宮坂竜之進を訪れた。

「おう。新八、今日は何だ……」

宮坂は、新八に親し気に声を掛けて来た。

「黒木さまのお使いです……」

新八は、門番所の中間小者の中に、昨夜遅く深編笠を被った侍と逢っていた中間を捜した。

中間の伊助《いすけ》……。

昨夜、深編笠を被った侍と逢っていた中間は、表門の門番所詰の伊助と云う名の者だった。

新八は、中間の伊助を見守った。

伊助は、番士たちに命じられた仕事を手際良く熟《こな》していた。

見た目は真っ当な中間だ……。

だが、裏のある者程、見た目は真っ当なものだ。

「宮坂さま、あの伊助って中間、水戸者ですか……」

新八は、宮坂に伊助が水戸から来た者か江戸の者かを尋ねた。

「うん。伊助がどうかしたか……」

宮坂は、新八に怪訝な眼を向けた。

「いえ。水戸の城下で見掛けた顔でしてね」

嘘《うそ》も方便《ほうべん》……。

新八は、宮坂に探りを入れた。

「それなら人違いだろう。伊助は江戸生まれの江戸育ちだと聞いている」

「そうですか。素性《すじょう》、はっきりしているのですか……」

「上屋敷から廻されて来た者だ。不審はないだろう」

宮坂に拘《こだわ》りはなかった。

「そうですか……」

新八は頷いた。

伊助に仲間はいるのか……。

新八は、伊助の他にも沼津藩の者に通じている奴がいるのか、探る事にした。

新八は、伊助を見張った。

浜町堀には、猪牙舟《ちょきぶね》の櫓の軋みが甲高《かんだか》く響いていた。

兵庫は、目深に被った塗笠を上げ、浜町堀越しに沼津藩江戸中屋敷を眺めた。

沼津藩江戸中屋敷は表門を開け、二人の中間が掃除をしていた。

不審な事はないようだ……。

兵庫は、沼津藩中屋敷に不穏な気配は感じなかった。

二人の家来が沼津藩江戸中屋敷から現れ、浜町河岸を大川の三ツ俣《みつまた》に向かった。

よし……。

兵庫は、二人の家来を追うと決め、浜町堀越しに尾行《つけ》始めた。

二人の家来は、浜町堀に架かっている川口橋《かわぐちばし》を渡り、大川沿いを日本橋川《にほんばしがわ》に進んだ。

二人の家来は、落ち着いた一定の足取りで進み、時折、警戒するように周囲を見廻した。

それなりの剣の遣い手……。

兵庫は読み、充分に距離を取って慎重に追った。

二人の家来は、日本橋川に架かっている湊橋《みなとばし》を渡って西に進み、亀島川《かめじまがわ》に架かる霊岸橋《れいがんばし》に向かった。

何処に行く……。

兵庫は、霊岸橋を渡って日本橋川沿いを西に進んだ。

大番屋《おおばんや》に鎧《よろい》の渡《わたし》……。

二人の家来は、南茅場町《みなみかやばちよう》から楓川《もみじがわ》に架かっている海賊橋《かいぞくばし》を渡り、本材木町《ほんざいもくちよう》の通りを京橋川《きようばしがわ》に進んだ。

兵庫は尾行た。

此のまま京橋に進み、新橋《しんばし》を抜けると愛宕下大名小路《あたごしただいみようこうじ》だ。

行き先は大名小路……。

愛宕下大名小路の外れ、三縁山増上寺《さんえんざんぞうじようじ》の裏手に沼津藩江戸上屋敷がある。

二人の家来は、沼津藩江戸上屋敷に行くのか……。

兵庫は睨み、尾行《つけ》続けた。

二人の家来は、愛宕下大名小路を抜け、増上寺脇を西に進み、時《とき》ノ鐘《かね》から切通《きりどお》しに進んだ。

そこに沼津藩江戸上屋敷がある。

二人の家来は、沼津藩江戸上屋敷に入って行った。

睨み通りだ……。

兵庫は、向かい側の寺の山門の陰から見届けた。

沼津藩江戸上屋敷は表門を閉め、静けさに覆われていた。

此処に老中の水野出羽守忠成と家老の土方縫殿助がおり、様々な策謀を企てているのだ。

兵庫は、厳しい面持ちで沼津藩江戸上屋敷を見据えた。

中間の伊助は辺りを窺い、水戸藩江戸下屋敷の裏門を出た。

何処に行く……。

新八は尾行た。

下屋敷の裏門を出た伊助は、田畑の中の田舎道《いなかみち》を進み、隅田川沿いの土手道に出た。

新八は、物陰伝いに追った。

伊助は、土手道を北に進んだ。そして、桜餅《さくらもち》で名高い長命寺《ちょうめいじ》の茶店の前を通り、尚《なお》も進んで浅草橋場《あさくさはしば》への渡し場近くの草の茂る土手を下りた。
新八は、続いて草の茂る土手を下りた。

土手の下の川べりには、伊助が隅田川に向かって佇んでいた。
新八は、草むらに潜んで見守った。
伊助は振り返り、草むらに潜んだ新八に嘲笑《ちようしよう》を浴びせた。
気付かれていた……。
新八は、草むらに立った。
「どうして俺を尾行る……」
伊助は、新八に笑い掛けた。
「何の事だ……」
新八は惚《とぼ》け、それとなく身構えた。
二人の侍が現れ、新八の背後を塞《ふさ》いだ。
しまった……。
新八は、自分が誘《おび》き出されたのに気が付いた。
伊助と二人の侍はどんな素性の者共なのか……。

新八は身構えた。

「新八、黒木兵庫は何をしに江戸に来たのだ……」

伊助は、新八を見据えた。

「兵庫さまは、お殿さまの御刀の手入れに来た……」

新八は告げた。

「だったら、下屋敷には何しに来た」

伊助は、嘲《あざけ》りを浮かべた。

「兵庫さまは、京之介さまやお眉の方さまと御昵懇《ごじっこん》の間柄、御挨拶に来た迄だ」

「果たしてそれだけかな……」

伊助は、新八に探る眼差しを向けた。

「吐《は》け……」

背後の二人の侍は怒鳴り、刀を抜いて新八に斬り掛かった。

刃風《はかぜ》が鳴った。

新八は、咄嗟《とっさ》に横手の草むらに身を投げ出して躱《かわ》した。

「おのれ……」

二人の侍は、新八に猛然《もうぜん》と斬り掛かった。

新八は、草を根元から抜き、斬り掛かった侍に投げ付けた。
草と根元の土塊《つちくれ》は、斬り掛かった侍の顔に当たって飛び散った。
侍は、思わず仰《の》け反《ぞ》った。
新八は跳ね起きて、仰け反った侍の腹に鋭い蹴りを叩き込んだ。
侍は倒れた。
新八は、倒れた侍の刀を奪い、もう一人の侍に斬り付けた。
もう一人の侍は、新八の鋭い太刀筋《たちすじ》に驚いて後退《あとずさ》りした。
「何処の者だ……」
新八は訊いた。
刹那《せつな》、伊助が新八に跳び掛かり、その手に握る苦無《くない》を一閃《いっせん》した。
新八は躱した。
だが、左肩を斬られて血が飛んだ。
忍び……。
新八は知った。
伊助は、尚も苦無を構えて新八に跳び掛かった。
新八は、迎え討とうとした。

だが、草に足を取られて仰け反り、隅田川の流れに落ちた。

水飛沫《みずしぶき》が煌めいた。

「おのれ……」

伊助は、新八の落ちた隅田川に十字手裏剣《じゅうじしゅりけん》を投げ込んだ。

だが、隅田川の流れには血が浮かんで消えただけで、新八が浮いてくる事はなかった。

「おのれ……」

伊助は、苛立《いらだ》ちを滲ませた。


二人の武士が、沼津藩江戸上屋敷から出て来た。

中屋敷から来た二人の家来だ……。

兵庫は見定めた。

二人の家来は辺りを窺い、時ノ鐘の前を通って大名小路に向かった。

どうする……。

兵庫は、二人の家来を追うかどうか迷った。

追った処《ところ》で中屋敷に戻るだけかもしれない。

兵庫は迷った。

だが、その時はその時……。

兵庫は、二人の家来を追った。

増上寺の横手に出た二人の家来は、大名小路に向かわず、愛宕下広小路に進んだ。

浜町河岸の中屋敷に戻らないのか……。

兵庫は追った。

二人の家来は、愛宕下広小路を進み、大名屋敷の間の藪小路《やぶこうじ》に曲がった。

兵庫は追った。

二人の家来は、尾行て来る者を警戒する素振《そぶ》りも見せず、藪小路から外濠《そとぼり》沿いの葵坂《あおいざか》を下った。

葵坂を下ると溜池《ためいけ》がある。

兵庫は、二人の家来を追った。

二人の家来は、葵坂を下りて溜池の馬場《ばば》に入った。

兵庫は、追って溜池の馬場に踏み込んだ。
溜池の馬場に人影はなく、小鳥の囀《さえず》りに満ちていた。
二人の家来はどうした……。
兵庫は眉をひそめた。
溜池からの風が吹き抜けた。
兵庫は、油断なく辺りを窺った。
小鳥の囀りが消えた。
殺気……。
兵庫は振り返った。
手裏剣が飛来した。
兵庫は、身体を僅《わず》かに開いた。
手裏剣は、微《かす》かな唸《うな》りを上げて兵庫の胸元を飛び抜けた。
忍び……。
兵庫は、二人の家来を餌《えさ》に誘き出されたのだと気付いた。
おのれ……。

兵庫は苦笑した。

忍びの者が現れ、兵庫に手裏剣を連射した。

兵庫は躱し、素早く羽織を脱いで振り廻し、飛来する手裏剣を叩き落とした。

八方《はっぽう》手裏剣が地面に落ちた。

忍びの者は、兵庫に殺到した。

兵庫は、腰を僅かに沈め、腰の胴田貫《どうだぬき》の鯉口《こいぐち》を切った。

忍びの者が一人、忍び刀を翳《かざ》して兵庫に跳び掛かった。

兵庫は、胴田貫を横薙《よこな》ぎに一閃した。

忍びの者は、胸元を斬られて地面に叩き付けられ、転がった。

忍びの者たちは、次々と兵庫に襲い掛かった。

兵庫は、胴田貫を縦横《じゅうおう》に閃《ひらめ》かせた。

胴田貫は、普通の太刀より刀身の幅があり、鎧をも貫くと云われる戦場用の刀だ。

七年前、兵庫が虎松を護って江戸に発つ時、嘉門から譲り受けた黒木家伝来の胴田貫だ。

兵庫は、胴田貫から伝わる肉を斬り、骨を断つ感触を確かめた。

忍びの者は、次々に斬られて姿を消していった。

兵庫は、残った忍びの者と闘い続けた。

指笛が短く鳴った。

忍びの者たちは一斉に退き、姿を消していった。

兵庫は、胴田貫を手にして佇んだ。

胴田貫の鋒《きっさき》から血が滴《したた》り落ちた。

小鳥が囀り始め、馬場に響き渡った。

殺気は消えた。

兵庫は、胴田貫に拭いを掛けて鞘に納め、落ちていた八方手裏剣を拾った。

八方手裏剣を使う忍びは多く、伊賀《いが》や甲賀《こうが》もそうだった。

伊賀者か甲賀者か……。

兵庫は、八方手裏剣を懐紙《かいし》に挟み、懐《ふところ》に仕舞《しま》って溜池の馬場を出た。

溜池の馬場は小鳥の囀りに満ちた。

何れにしろ、襲い掛かって来た忍びの者は土方縫殿助の息の掛かった者共だ。

それは、兵庫が役目の御刀番の他に密かに動いているのを察知しての事なのだ。
土方縫殿助……。
企てを叶える為なら、手立てを選ばぬ狡猾な策謀家……。
おそらく土方縫殿助は、水戸藩に密偵を潜入させている。
そして、御刀番の黒木兵庫の急の出府の裏を読み、誘き出して襲った。
となると、新八も忍びの者に狙われるかもしれない。
新八は、向島の下屋敷に行っている。
兵庫は、不安を覚えた。
如何《いか》に嘉門の厳しい稽古を受けている新八でも、相手が忍びの者では未だ荷が重い。
兵庫は、不吉なものを感じて足取りを速めた。

四

新八は、出掛けたまま水戸藩江戸上屋敷に帰っていなかった。
向島の江戸下屋敷で探索を続けている……。
兵庫は読んだ。

目付頭の松木帯刀配下の若い目付がやって来た。

「黒木さま……」

「何だ……」

「松木さまが、御足労だが、用部屋にお出で戴きたいと……」

若い目付は告げた。

「心得た……」

兵庫は、若い目付と松木帯刀の用部屋に向かった。

表門内の前庭では、家来や小者たちが跪《ひざまず》いていた。

兵庫は戸惑った。

「峰姫さまです……」

若い目付は跪いた。

「峰姫さま……」

兵庫は戸惑った。

「はい。昨日から上屋敷にお戻りにございます」

若い目付は告げた。

女物の駕籠《かご》が、供揃《ともぞろ》えを従えて奥御殿から出て来た。

兵庫は跪いた。

峰姫の行列は、玄関式台《しきだい》の前を通って表門に向かっていた。

兵庫は、跪いて頭を下げた。

行列は兵庫の前を進み、駕籠が止まった。

「戸を開けよ……」

駕籠の中から女の声がして、付き添いの侍女の楓《かえで》が駕籠の戸を開けた。

兵庫は平伏した。

「久しいの、御刀番の黒木兵庫……」

女の笑みを含んだ声がした。

峰姫……。

「ははっ……」

「面《おもて》を上げい……」

峰姫は命じた。

「はっ……」

兵庫は、顔を上げて駕籠の中の峰姫を見た。

峰姫は、その眼に傲慢《ごうまん》な嘲りを滲ませていた。

「もう良い。楓……」

峰姫は命じた。

「はい……」

楓は駕籠の戸を閉め、行列に進めと促《うなが》した。

峰姫を乗せた駕籠の一行は、表門から出て行った。

跪いていた家来や小者たちは、吐息を洩らして立ち上がり、仕事に戻って行った。

「黒木さま……」

若い目付は促した。

「うむ。峰姫さま、何処にお出掛けだ……」

兵庫は眉をひそめた。

「何、峰姫さまが……」

目付頭の松木帯刀は、厳しさを過《よぎ》らせた。

「うむ。白山権現《はくさんごんげん》に祈禱《きとう》を受けに行ったそうだが、何の祈禱だか……」

兵庫は苦笑した。

「兵庫、おそらく白山権現での祈禱、安産祈願の祈禱だろう」

松木は、厳しい面持ちで告げた。

「安産祈願……」

兵庫は戸惑った。

「うむ。来て貰ったのは他でもない。峰姫さま、御懐妊されたそうだ」

「真《まこと》か……」

兵庫は眉をひそめた。

「江戸家老の榊原さまが殿から聞き、藩医の半井青洲《なからいせいしゅう》どのに問《と》い質《ただ》した処、間違いないそうだ」

「そうか。それは目出度《めでた》い……」

兵庫は微笑んだ。

「目出度い……」

松木は、兵庫に怪訝な眼を向けた。

「うむ。正室峰姫さまの産むお子が男児なら水戸徳川家の世継ぎ、御嫡子。水戸徳川家の慶事《けいじ》だ。京之介さまとお眉の方さま、此《これ》で家督争いから解放される。目出度い……」

兵庫は笑った。

「ま、それはそうだが……」

松木は、納得のいかない面持ちだった。

「気になる事でもあるのか……」

「兵庫。峰姫さまの御懐妊、真に殿のお子なのか……」

松木は、穏やかではない事を洩らした。

「帯刀、滅多《めった》な事を申すな」

兵庫は制した。

「う、うむ……」

松木は頷いた。

「帯刀、峰姫さま御懐妊が水戸徳川家の御世継ぎ騒ぎの終わりになるか、それとも新たな始まりになるか……」

兵庫は読んだ。

「騒ぎの終わりか、新たな始まり……」

松木は眉をひそめた。

「土方縫殿助は忍びの者を使い始めた」

「忍びの者……」

「如何《いか》にも……」

兵庫は、不敵な笑みを浮かべた。


向島の水戸藩江戸下屋敷は、穏やかな雰囲気を漂わせていた。

異変や不審な処はない……。

兵庫は見定めた。

そして、京之介とお眉の方に峰姫懐妊を報せるかどうか迷った。

報せるのは、事がはっきりしてからだ……。

兵庫は決め、屋敷内に新八を捜した。だが、新八は何処にもいなかった。

「取次番士の宮坂竜之進はいるか……」

兵庫は、新八から聞いていた取次番士の宮坂竜之進に逢いに行った。

「はい。宮坂竜之進は拙者にございます」

宮坂は緊張した。

「おぬしか、私は御刀番頭黒木兵庫。少々訊きたい事がある」

兵庫は、宮坂竜之進を門番所の裏に誘った。

宮坂は、怪訝な面持ちで付いて来た。

「訊きたいのは、新八の事なのだが……」

兵庫は、宮坂を振り返った。

「新八なら、中間の伊助の事を聞いて、何処かに行きましたが……」

「中間の伊助……」

兵庫は訊き返した。

「はい。名や素性を……」

「そうか……」

兵庫は頷いた。

新八は、深編笠を被った二人の侍と逢っていた中間が誰か探り、伊助なる者だと知った。そして、伊助の見張りに就《つ》いた筈《はず》だ。

「黒木さま、新八がどうかしたのですか……」

宮坂は、戸惑いを浮かべた。

「いや。して、伊助なる中間は……」

「はい……」

宮坂は、辺りを見廻した。

「ああ。あの中間です」

宮坂は、腰掛《こしかけ》の前の掃除を終えて御台所の脇に入って行く中間を示した。

「そうか。造作を掛けたな。宮坂、此の事は他言無用……」

兵庫は、宮坂を厳しく見据えた。

「は、はい。心得ました」

宮坂は、戸惑いながら頷いた。

「ではな……」

兵庫は、門番所の裏から離れた。


新八は、中間の伊助を見張っている筈……。

兵庫は、中間の伊助の周りに新八を捜した。だが、新八の姿はなかった。

どうした……。

兵庫は、微かな不安を覚えた。

よし……。

兵庫は、伊助を見張った。
伊助は、忙《いそが》しく中間の仕事をしていた。
その仕事振りに不審はない。
その後も、新八が現れる事はなかった。
新八は、見張っているのに気付かれ、その身に何かあったのか……。
兵庫は読んだ。
よし……。
兵庫は決めた。
夕暮れが近付いた。

夜になっても新八は現れず、消息も分からなかった。
もしかしたら、上屋敷に戻ったのかもしれない。
兵庫は、思いを巡らせた。
何れにしろ、中間の伊助を締め上げる……。
兵庫は、中間長屋に向かった。
中間長屋は下屋敷の南側にあり、昼番の中間や小者たちの家は明かりが灯され、笑い声が洩れていた。そして、夜番の中間や小者の家には明かりは灯されず暗かった。

伊助の家には、明かりが灯されていた。

兵庫は見定め、伊助の家に向かおうとした。

次の瞬間、伊助の家の腰高障子が開いた。

兵庫は、咄嗟に暗がりに隠れた。

開いた腰高障子から伊助が顔を出し、油断なく辺りを透《す》かし見た。

その様子は、只の中間ではなかった。

忍びか……。

兵庫は見守った。

伊助は、辺りに不審はないと見定め、中間長屋を出て裏門の方に向かった。

裏門に行くのか……。

兵庫は、暗がりを出て伊助を追った。

伊助は、裏門の中間に声を掛け、小粒《こつぶ》を握らせた。

中間は、裏門を僅かに開けた。

伊助は、素早く外に出た。

中間は、裏門を閉めた。

伊助と中間は、手慣れた様子だった。

兵庫は、裏門の中間に忍び寄った。そして、背後から中間の首筋に鋭く手刀《てがたな》を打ち込んだ。

中間は、気を失って崩れ落ちた。

兵庫は、裏門を僅かに開けて外の様子を覗《のぞ》いた。

裏門の先に佇む伊助が見えた。

兵庫は、素早く裏門を出た。


裏門傍に暗がりがあった。

兵庫は暗がりに潜み、伊助を見守った。

伊助は、隅田川の方を見ながら下屋敷の長屋塀の傍に佇んでいた。

誰かが来るのを待っている……。

兵庫は読んだ。

隅田川へと続く源森川の流れは、微かな音を鳴らしていた。

僅かな刻が過ぎた。

深編笠を被った二人の侍が、源森橋を渡ってやって来た。

伊助は、深編笠を被った二人の侍を迎えた。

暗がりの中、兵庫は、伊助と深編笠を被った二人の侍に僅かに近付いた。

「昼間、新八と云う奴が俺を探りに来た」

伊助は告げた。

「新八、何者だ……」

「水戸藩御刀番頭黒木兵庫の手の者だ」

「黒木兵庫の手の者……」

「うむ……」

「それでどうした」

「隅田川の川縁《かわべり》に誘き出して仲間と一緒に始末しようとしたが……」

「逃げられたのか……」

「剣の心得があってな。手傷を負わせたが隅田川に逃げられた」

伊助は、悔しさを露にした。

「そうか……」

深編笠を被った二人の侍は頷いた。

新八は無事だ……。

兵庫は、微かな安堵《あんど》を覚え、伊助と深編笠を被った二人の侍たちを見守った。

「ま、此で黒木兵庫が刀の手入れに来ただけではないのがはっきりした」

伊助は嘲笑した。

「よし。黒木兵庫の事は我らが伝える」

「うむ。今日の処はそれぐらいだ……」

「分かった。ならば、又明日の夜……」

深編笠を被った二人の侍は、源森橋に向かった。

伊助は見送った。

深編笠を被った二人の侍は、源森橋を渡って闇に消えた。

伊助は振り返り、驚いた。

眼の前に兵庫がいた。

伊助は身構えた。

「伊賀者か……」

兵庫は苦笑した。

「おのれ、黒木兵庫……」

伊助は、苦無を握って兵庫に飛び掛かろうとした。

刹那、兵庫は胴田貫を抜き、真っ向から斬り下げた。

黒木家一子相伝の無双流一《いち》の太刀《たち》だ。

水戸藩代々の納戸方御刀番の黒木家は、名刀や新刀の試し斬りを役目とし、罪人の斬首役もしていた。

伊助は額《ひたい》を断ち斬られ、血を飛ばして大きく仰け反った。

兵庫は、伊助を蹴り飛ばした。

伊助は、飛ばされて源森川の流れに仰向けに落ちた。

水飛沫が上がり、月明かりに煌めいた。

兵庫は、胴田貫に拭いを掛けて鞘に納めた。

伊助の死体は、月明かりを浴びて隅田川へと流れて行った。

兵庫は、水戸藩江戸上屋敷に急いだ。

水戸藩江戸上屋敷は、夜の闇に覆われて寝静まっていた。

兵庫は、侍長屋の家の腰高障子を開けた。

血の臭いが微かにした。

「新八か……」

兵庫は、腰高障子を閉めて家に入った。

「はい……」

新八は、返事をしながら行燈《あんどん》に火を灯した。

行燈の明かりが狭い家を照らした。

新八は、斬られた左肩に晒《さら》しを巻いていた。

「医者に診《み》せたか……」

「はい。本所の町医者に手当てをして貰いました。命に別状はないそうです」

「それは良かった」

兵庫は頷いた。

「はい。兵庫さま、下屋敷にいる中間の伊助、忍びの者です」

新八は報せた。

「うむ。伊賀者のようだ……」

兵庫は頷いた。

「御存知でしたか……」

新八は、戸惑いを過らせた。

「新八の足取りを追っていて知った」

「そうですか……」

「伊助は斬《き》り棄《す》てた」

「斬り棄てた……」

「うむ……」

「申し訳ありません。御心配をお掛けしたようですね……」

「詫《わ》びる事はない。浅手《あさで》で済んで何より。もう休むが良い……」

兵庫は労った。

行燈の明かりは温かかった。


「伊賀者……」

目付頭の松木帯刀は驚いた。

「うむ。下屋敷に中間として潜んでいた」

兵庫は告げた。

「おのれ……」

「下屋敷に忍んでいた伊賀者は始末したが、上屋敷にも潜んでいるやもしれぬ」

兵庫は読んだ。

「分かった。配下の者共に急ぎ検めさせる」

松木は意気込んだ。

「帯刀、相手は伊賀者。呉々《くれぐれ》も気を付けてな」

「うむ。兵庫、伊賀者は土方縫殿助の指図で動いているのだろうな」

松木は眉をひそめた。

「相違あるまい……」

兵庫は頷いた。

「ならば、峰姫さまが上屋敷にお帰りになられたのも……」

松木は読んだ。

「拘わりがあるかもしれぬ……」

兵庫は、厳しい面持ちで頷いた。

「松木さま……」

配下の若い目付が、血相を変えて来た。

「どうした……」

「峰姫さまが小者を手討《てう》ちにされました」

若い目付は、声を震わせた。

「何……」

松木は驚いた。

「何処だ。案内しろ……」

兵庫は命じた。

「はい……」

兵庫と松木は、若い目付に誘《いざな》われて奥に走った。

表御殿と奥御殿は廊下で繋がれ、それぞれが板塀で囲まれていた。

小者の死体は、既に目付たちによって奥御殿の板塀の外に運ばれていた。

目付頭の松木帯刀と兵庫は、小者の死体を検めた。

小者は滅多《めった》斬りにされていた。

「酷《むご》いな……」

松木は眉をひそめた。

「うむ。刀を扱い慣れていない峰姫さまの仕業《しわざ》に相違なかろう」

兵庫は読んだ。

「うむ。して、何故《なにゆえ》の手討ちだ……」

松木は、目付に問い質した。

「はい。小者の清助《せいすけ》、峰姫さま付の侍女《じじょ》に懸想《けそう》し、付《つ》き纏《まと》った故、峰姫さまが手討ちにしたそうにございます」

目付は告げた。

「ならば、峰姫さまの怒りを買い、手討ちにされても仕方がないか……」

松木は眉をひそめた。

「真ならばな……」

兵庫は、厳しさを滲ませた。

「兵庫……」

「帯刀、此《これ》から此《こ》の上屋敷で何が起こるか分からぬ……」

兵庫は読んだ。

「兵庫……」

松木は、緊張を滲ませた。

「うむ。水戸藩江戸上屋敷を混乱に陥《おとしい》れようとの企てなのかもな……」

兵庫は睨んだ。

「混乱か……」

「うむ……」

「土方縫殿助が絡んでいるか……」

松木は吐息を洩らした。

「おそらくな……」

兵庫は、厳しい面持ちで頷いた。

「おのれ。そうはさせぬ……」

目付頭の松木帯刀は、怒りを露にした。

「何れにしろ、帯刀。小者の清助、丁重《ていちょう》に葬ってやるのだな」

兵庫は、小者の清助の死体に手を合わせた。

五

土方縫殿助の狙いは、水戸藩家中を混乱に陥れる事なのか……。

その為に伊賀者を潜入させ、峰姫を江戸上家屋敷に帰した。

兵庫は読んだ。

混乱に陥れてどうするのだ……。

兵庫は、その先が読めなかった。

目付頭の松木帯刀は、配下の目付たちに潜入している伊賀者の探索を命じた。

峰姫は、勝手気儘な暮らしを続けた。

水戸藩江戸上屋敷の明るい穏やかさは、暗い緊張感に覆われて消え始めた。

隅田川に架かっている吾妻橋には、大勢の人が行き交っていた。

兵庫は、向島の水戸藩江戸下屋敷を訪れた。

下屋敷は、上屋敷から消えた穏やかさに満ちていた。

兵庫は、表門の取次番士の宮坂竜之進を呼び出した。

「此は黒木さま……」

宮坂は、屈託のない面持ちで兵庫を迎えた。

「宮坂、下屋敷に変わった事はないか……」

兵庫は尋ねた。

「はい。ただ中間の伊助が姿を消しましてね……」

宮坂は告げた。

「ほう。伊助と申す中間が消えたか……」

兵庫は惚《とぼ》けた。

「はい。ま、江戸雇いの中間には時々ある事です」

宮坂は苦笑した。

「そうか。して、姿を消した伊助の事を気にしている者はいるか……」

兵庫は、伊助の他に潜入している伊賀者がいれば、捜している筈と読んでいた。

「中間頭が知らないかと訊いて来たぐらいですか……」

中間頭が、配下の伊助の行方を気にするのは当然だ。

「他には……」

「いないと思いますよ」

「そうか……」

どうやら、下屋敷に潜んでいた伊賀者は伊助だけだったようだ。

兵庫は見定め、奥御殿の京之介とお眉の方の許《もと》に向かった。

京之介とお眉の方に変わりはなかった。

兵庫は、安堵を過らせた。

「して、兵庫どの。殿や上屋敷に変わりはありませんか……」

お眉の方は尋ねた。

「殿に御変わりはございませんが、峰姫さまが上屋敷にお戻りになられました」

「峰姫さまが……」

お眉の方は、小さく驚いた。

「はい……」

兵庫は、お眉の方の反応を窺った。

「そうですか。それは良かった。殿もお喜びにございましょう」

お眉の方は、拘《こだわ》りなく喜んだ。

「さあて、それは私には分かりません……」

兵庫は苦笑した。

「此で峰姫さまに御世継ぎが授かれば、水戸徳川家は安泰《あんたい》……」

お眉の方は微笑んだ。

「お眉の方さま、峰姫さまには既に御懐妊の噂が……」

兵庫は報せた。

「それはそれは。もし真ならば水戸徳川家は万々歳《ばんばんざい》ですね」

お眉の方は喜んだ。

「母上、水戸藩は万々歳ですか……」

京之介は、怪訝な面持ちで尋ねた。

「京之介どの。そうなれば、貴方は今より自由になれるのですよ」

お眉の方の喜びは、京之介の為の喜びであった。

「そうなれば、遣《や》りたい事、もっと出来るのですか……」

京之介は眼を輝かせた。

「ええ……」

お眉の方は頷いた。

「京之介さまには遣りたい事がおありなのですか……」

兵庫は尋ねた。

「うん。兵庫と水戸から江戸に旅をして来たように、今度は江戸から水戸に旅をしてみたいのだ」

「それはそれは……」

兵庫は笑った。

「兵庫、その時は供をしてくれ。一緒に行こう」

京之介は、楽し気に声を弾ませた。

「はい。喜んでお供致します」

兵庫は頷いた。


お眉の方は、峰姫が上屋敷に戻って懐妊したと聞き、驚きはせずに喜んだ。

それは、息子の京之介が水戸家の家督争いから解き放たれ、自由な立場になれるからだった。

お眉の方は、京之介に水戸家の家督を相続するよりも自由を与えてやりたいと願っている。そして、京之介は母の願いに応《こた》えようとしていた。

人として自由に生きたいと願う母子……。

兵庫は、京之介とお眉の方の願いを何としてでも叶えてやりたいと思った。


水戸藩江戸上屋敷には緊張が漂っていた。

家臣や奉公人たちは、互いに警戒し始めて屋敷内の緊張を募《つの》らせた。

「どうやら、峰姫さまのいる奥向殿舎、御広敷《おひろしき》の広敷番共が屋敷内で見聞きした事を峰姫さまに報せているようだ」

松木帯刀は、腹立たしそうに告げた。

「御広敷番……」

兵庫は眉をひそめた。

「うむ。頭は牧野蔵人《まきのくらんど》だ」

松木は告げた。

「牧野蔵人……」

兵庫は、幼い頃に学問所で机を並べた事のある牧野蔵人を覚えていた。

「うむ。牧野蔵人、学問所でも群れを好まず、いつも一人でいた奴だ。尤《もっと》も、兵庫も群れを好まずだったがな……」

松木は苦笑した。

「牧野、確か神道無念流《しんとうむねんりゅう》を修行《しゅぎょう》していたな」

兵庫は、いつも群れる者たちを冷ややかに眺めていた牧野蔵人を思い出した。

「うむ。そいつが、今では御広敷番頭として峰姫さまの傍にいる」

「ならば、峰姫さまは、牧野蔵人から家中の事を知らされているのか……」

「おそらくな……」

「牧野蔵人か……」

「うむ。配下の御広敷番は四人だ」

「帯刀、その四人の中に伊賀者はいないだろうな」

兵庫は、厳しい面持ちで尋ねた。

「伊賀者だと……」

松木は眉をひそめた。

「うむ……」

兵庫は頷いた。

「分かった。配下の目付に探らせてみよう」

松木は頷いた。

「松木さま……」

配下の若い目付が、厳しい面持ちで訪れた。

「どうした……」

「はい……」

若い目付は、兵庫を気にした。

「構わぬ。申せ……」

松木は命じた。

「柴田《しばた》どのが……」

若い目付は、言葉を詰まらせた。

「柴田がどうした……」

松木は、緊張を滲ませた。


目付の柴田総一郎《そういちろう》は、侍長屋の自室の蒲団《ふとん》の中で死んでいた。

兵庫は、柴田の死体を検めた。

「役目に就く刻限になっても来ないので呼びに来た処……」

目付の北村小五郎《きたむらこごろう》は、死んだ柴田を見詰めて言葉を飲んだ。

「死んでいたか……」

松木は、厳しい面持ちで頷いた。

「はい。で、死体を検めた処、斬られたり刺された痕《あと》はなく、毒を飲まされた様子もないので、心《しん》の臓《ぞう》の発作か、卒中《そっちゅう》での急死かと……」

北村は読んだ。

「うむ……」

松木は頷いた。

「帯刀、此奴《こいつ》は殺しだ……」

兵庫は告げた。

「兵庫……」

松木は戸惑った。

「此処を見てみろ……」

兵庫は、柴田の盆《ぼん》の窪《くぼ》を示した。

柴田の盆の窪には、畳針《たたみばり》程の太さの針で突き刺された痕があった。

「此は……」

「針で深々と突き刺した痕だ」

兵庫は睨んだ。

「針……」

松木は眉をひそめた。

「ああ。おそらく忍びの者の仕業、伊賀者だ」

兵庫は見定めた。

「伊賀者……」

「ああ。帯刀、柴田は屋敷内に潜り込んでいる伊賀者の探索をしていたな」

兵庫は読んだ。

「うむ……」

松木は頷いた。

「そして、伊賀者らしき者を突き止め、おぬしに報せる前に口を封じられたのに違いない」

「おのれ……」

「帯刀、柴田は誰を調べていたのだ……」

「北村、おぬし、柴田から何か聞いてはいないか……」

「此と云って聞いてはおりませんが、御広敷番の者を調べていたような……」

北村は告げた。

「御広敷番の者……」

松木は緊張した。

「はい……」

「間違いないな」

松木は、厳しい面持ちで念を押した。

「は、はい……」

北村は、戸惑いながら頷いた。

「兵庫……」

「その御広敷番の者が誰かは分からぬか……」

兵庫は尋ねた。

「さあ。そこ迄は……」

北村は首を捻った。

「そうか……」

「どうする、兵庫……」

「さあて、どうするか……」

兵庫は、不敵な笑みを浮かべた。

御広敷番は、頭《かしら》の牧野蔵人を入れて五人。

殺された目付の柴田総一郎は、御広敷番の者たちを調べていた。

牧野蔵人に忍びの心得はない。

となると、柴田が密かに調べていた相手は、四人の配下の中の誰かだ。

兵庫は、四人の御広敷番を北村たち目付に見張らせ、殺された柴田の動きを調べた。
柴田は、周囲の者たちに或る御広敷番について聞き込みを掛けていた。
その御広敷番の名は、沢井敬之助《さわいけいのすけ》だった。
沢井敬之助……。
殺された目付の柴田総一郎は、御広敷番の沢井敬之助を調べていたのだ。
兵庫は、江戸生まれで江戸育ちの沢井敬之助と面識はなかった。
先《ま》ずは沢井敬之助を見定める……。
兵庫は、目付の北村小五郎にどの御広敷番が沢井敬之助か教えて貰った。
沢井敬之助は、中肉中背の余り特徴のない男だった。
兵庫は、沢井敬之助の見張りに就いた。
今の処、沢井敬之助が伊賀者だと云う証《あかし》は何もない。
沢井敬之助は、その日の役目を終えて侍長屋に戻った。
兵庫は、沢井を見張った。
四半刻（三十分）が過ぎた。
侍長屋の沢井の家の腰高障子が開き、羽織姿の沢井が出て来た。

出掛ける……。

兵庫は見定めた。

沢井は、表門の並びにある小門を出た。

兵庫は追った。

神田川の流れは煌めいた。

水戸藩御広敷番の沢井敬之助は、神田川沿いの道を両国に向かった。

兵庫は、塗笠を目深に被って尾行《つけ》た。

沢井は、時々背後を振り返って尾行して来る者の有無を確かめた。

兵庫は、充分な距離を取って慎重に尾行た。

沢井は、神田川に架かっている昌平橋《しょうへいばし》を渡り、八《や》ツ小路《こうじ》から柳原通《やなぎわらどお》りを両国広小路に進んだ。

何処に行く……。

両国広小路には、神田川の北岸の道を進んでも行ける。それなのに、道筋を南側の柳原通りに変えた。

何故だ……。

兵庫は読んだ。

此のまま進み、和泉橋《いずみばし》の先を南に曲がると浜町堀に行ける。

浜町堀沿いには、沼津藩江戸中屋敷がある。

沢井は沼津藩江戸中屋敷に行く……。

兵庫は睨んだ。

沢井は、和泉橋の南詰を通り、旗本屋敷の角を南に曲がった。

行き先は、睨み通り沼津藩江戸中屋敷……。

兵庫は、沢井の行き先を読んだ。

御広敷番の沢井敬之助は、沼津藩家老の土方縫殿助と通じている。そして、目付の柴田総一郎を病死に見せ掛けて殺した伊賀者なのだ。

兵庫は見定めた。

沢井は、浜町堀沿いを進んで沼津藩江戸中屋敷を訪れた。

兵庫は見届けた。

沼津藩江戸中屋敷には、土方縫殿助がいるのだろうか……。

何《いず》れにしろ、沢井は水戸藩家中の内情を報せに来たのだ。

兵庫は読んだ。

武家駕籠が供侍《ともざむらい》を従え、浜町河岸をやって来た。

兵庫は、物陰から見守った。

武家駕籠の一行は、連なる大名屋敷の前を通って沼津藩江戸中屋敷に入って行った。

おそらく、武家駕籠に乗っているのは土方縫殿助だ。

兵庫は、沼津藩江戸中屋敷を眺めた。

浜町堀には、荷船が櫓の軋みを響かせて通り過ぎた。


半刻（一時間）が過ぎた。

兵庫は、沼津藩江戸中屋敷を見張り続けた。

水戸藩御広敷番の沢井敬之助は、峰姫による小者の手討ちや目付の柴田総一郎の死を土方に報せているのだ。

土方は、水戸藩家中に動揺と混乱が広がり始めていると知り、冷笑しているのに違いない。

ひょっとしたら、峰姫の手討ちと沢井の柴田殺しは、土方の企てなのかもしれない。

もしそうだとしたら、何が狙いの企てなのか……。

兵庫は、思いを巡らせた。

此のままでは、水戸藩家中の混乱は広がり、藩主の斉脩は家中取締《かちゅうとりしま》り不行届《ふゆきとど》きの責を取らされる。

土方の狙いは、水戸徳川家の藩主斉脩を失脚させる事なのか……。

兵庫は読んだ。

沼津藩江戸中屋敷の表門脇の潜り戸が開き、沢井敬之助が出て来た。

兵庫は、浜町堀に架かっている組合橋《くみあいばし》の西詰から見守った。

沢井は、辺りを見廻して浜町堀沿いの道を北へ向かった。

おそらく、沢井は水戸藩江戸上屋敷に帰るのだ。

兵庫は読んだ。

沢井敬之助は、いつでも始末出来る。

よし……。

兵庫は、沢井を追わず、土方縫殿助が出て来るのを待つ事にした。

四半刻が過ぎた。

沼津藩江戸中屋敷の表門が開き、供侍を従えた武家駕籠が中屋敷詰の家来たちに見送られて出て来た。

土方縫殿助だ……。

兵庫は見定めた。

土方を乗せた武家駕籠の一行は、浜町堀沿いを北に進んだ。

愛宕下の江戸上屋敷に帰るのか、それとも他の何処かに行くのか……。

兵庫は、浜町堀を間にして尾行《つけ》始めた。


土方縫殿助を乗せた武家駕籠一行は、浜町堀から両国広小路に抜け、神田川に架かっている浅草御門を渡った。

兵庫は追った。

土方一行は、浅草御門を渡ってから蔵前《くらまえ》の通りに進み、浅草広小路に向かった。

何処に行く……。

兵庫は、微かな戸惑いを覚えた。

隅田川は滔々と流れていた。

土方を乗せた駕籠と供侍たちは、隅田川に架かっている吾妻橋を渡り始めた。

水戸藩江戸下屋敷……。

兵庫は気が付いた。

土方縫殿助は、京之介とお眉の方が暮らしている向島の水戸藩江戸下屋敷に向かっているのだ。

何用があって行くのだ……。

兵庫は、緊張を覚えた。


土方縫殿助一行は、兵庫の睨み通り水戸藩江戸下屋敷を訪れた。

「何、土方縫殿助さまが……」

お眉の方は戸惑った。

「はい。所用があって向島に来たので、京之介さまに御挨拶にお伺いしたと……」

下屋敷留守居頭の藤森半蔵は、緊張した面持ちでお眉の方に報せた。

「御挨拶……」

お眉の方は眉をひそめた。

「はい。如何《いかが》致しましょう」

藤森は、お眉の方の指図を待った。

「お逢いすべきでしょう」

兵庫が現れた。

「兵庫どの……」

お眉の方は、兵庫を見て安堵を過《よぎ》らせた。

「土方縫殿助の企てを知る為にも、お逢いになられた方が宜しいかと……」

「ならば兵庫どの、そなたも同席しなさい」

お眉の方は命じた。

「心得ました」

兵庫は、不敵な笑みを浮かべて頷いた。

六

下屋敷留守居頭の藤森半蔵は、土方縫殿助を表御殿の書院に案内した。

そして、京之介とお眉の方が近習《きんじゅ》と黒木兵庫を従えて書院に現れた。

土方縫殿助は平伏した。

兵庫は、土方縫殿助を見た。

土方縫殿助は、小さな髷《まげ》を結った猿《ましら》に似た顔の貧相な年寄りだった。

策謀の塊《かたまり》……。

兵庫は、土方縫殿助にそう感じながら藤森の隣に控えた。

「土方か……」

京之介は、上座《かみざ》に座って微笑んだ。

「はい。京之介さまにおかれましては御機嫌麗しく、恐悦至極《きようえつしごく》にございます」

土方は、京之介に挨拶をした。

「うん。大儀だ。土方、顔をあげるが良い」

京之介は、屈託なく土方を迎えた。

「ははっ……」

土方は顔を上げ、狡猾さを秘めた眼を京之介に向けた。

「うん、土方。今日も近く迄来たので、挨拶に来たのか……」

京之介は、土方に笑い掛けた。

「はい。ですが、今日は面白い物を持参致しましたぞ」

土方は苦笑した。

「面白い物……」

京之介は、期待を込めて土方を見詰めた。

「はい。此に……」

土方は、控えていた供侍に命じた。

供侍が、袱紗を掛けた乱《みだ》れ箱《ばこ》を土方の許に運んだ。

「京之介さま、南蛮渡《なんばんわた》りの遠眼鏡《とおめがね》にございます」

土方は、袱紗の下から遠眼鏡を出して見せた。

「南蛮渡りの遠眼鏡……」

京之介は、眼を輝かせた。

「はい。遠くのものが、ずんと近くに見えますぞ……」

土方は、遠眼鏡を差し出した。

近習が遠眼鏡を受け取り、素早く検めて京之介に差し出した。

京之介は、受け取って遠眼鏡を覗いた。

「おお。良く見えるぞ……」

京之介は喜んだ。

「それは重畳。次にやはり南蛮渡りの自鳴琴《じめいきん》、オルゴオルと申す物にございます」

土方は、横七寸（約二十一センチ）縦五寸（約十五センチ）程の金銀で飾られた小箱を出した。

「自鳴琴、オルゴオル……」

京之介は、興味深げに金銀で飾られた小箱を見た。

「はい……」

土方は、自鳴琴の蓋《ふた》を開けた。

自鳴琴から音楽が流れだした。

「おお……」

京之介は、眼を丸くして声をあげた。

お眉の方、兵庫、藤森、近習たちは驚いた。

土方は、自慢げな笑みを浮かべて自鳴琴の蓋を閉めた。

音楽は止まった。

「蓋を開けると自ら音を鳴らし、閉めると止まる自鳴琴にございます」

土方は、自鳴琴を差し出した。

近習が自鳴琴を受け取り、京之介に渡した。

京之介は、自鳴琴を手に取り、興味深げに見廻し、蓋の開け閉めをした。

音楽が流れたり、止まったりした。

「南蛮渡りの自鳴琴に遠眼鏡か、面白いな。土方、気に入ったぞ」

京之介は喜んだ。

「お気に入られ、恐悦至極にございます」

土方は笑った。

「うん。土方、良く見える……」

京之介は、遠眼鏡で土方の顔を見た。

「おお、土方。そなたの顔がまるで猿のように大きく見えるぞ……」

京之介は笑った。

「京之介どの……」

お眉の方は、慌《あわ》てて窘《たしな》めた。

「おお、猿だ。老いた猿だ……」

京之介は立ち上がり、遠眼鏡であちこちを見ながら、書院から出て行った。

近習が慌てて追った。

「京之介どの、お待ちなされ。土方どの、京之介は未だ年端《としは》も行かぬ子供、お許しを……」

お眉の方は詫びた。

「いいえ。お気にされますな……」

土方は苦笑した。

「はい。ならば、此にて失礼致します」

お眉の方は、土方に挨拶をして京之介の後を追って書院を出て行った。

兵庫は、土方を見守った。

土方は、猿顔に浮かぶ嘲りを隠していた。

「ひ、土方さま、京之介さまは未だ元服《げんぷく》前のお子。御無礼をお許し下され」

藤森は、深々と頭を下げて詫びた。

「いや。手土産《てみやげ》の南蛮渡りの遠眼鏡と自鳴琴、お気に入られて何より……」

土方は、満足げに頷いた。

「は、はい。畏《おそ》れ入ります」

藤森は、京之介の無礼を咎《とが》めない土方に安堵した。

「処《ところ》でおぬしは……」

土方は、藤森の隣に控えている兵庫に笑い掛けた。

「拙者は水戸藩納戸方御刀番黒木兵庫にございます」

兵庫は、笑みを浮かべて挨拶をした。

「ほう。おぬしが御刀番の黒木兵庫か……」

土方は、微かな緊張を過《よぎ》らせた。

「御見知り置きを……」

兵庫は、土方を見据えて告げた。


京之介は、庭先で木刀を振っていた。

お眉の方は、遠眼鏡を手にして座敷から京之介を見守っていた。

「お眉の方さま……」

兵庫が、自鳴琴を持って戻って来た。

「おお、兵庫どの。土方さまは……」

お眉の方は、不安を滲ませた。

「お帰りになられました」

「土方さま、お怒りになられていましたか……」

お眉の方は心配した。

「さあて、その辺は良く分かりませんが、京之介さまが遠眼鏡と自鳴琴を気に入られたと満足されていました」

兵庫は苦笑した。

「そうですか、それなら良いが……」

お眉の方は安堵した。

「兵庫、土方縫殿助は帰ったか……」

京之介が木刀を濡《ぬ》れ縁《えん》に置き、座敷に上がって来た。

「はい……」

「何が南蛮渡りの遠眼鏡に自鳴琴だ。子供だと侮《あなど》りおって……」

京之介は、腹立たし気に吐き棄てた。

「京之介さま……」

兵庫は眉をひそめた。

「兵庫、土方縫殿助は俺を手懐《てなず》けて利用しようと企んでいる。そう思わぬか……」

京之介は、鋭い読みを見せた。

「お気付きになられていましたか……」

兵庫は苦笑した。

「おのれ。俺を利用して何をする気なのだ」

京之介は苛立った。

「それは未だはっきりとは……」

兵庫は告げた。

「分からぬか……」

「はい……」

兵庫は頷いた。

「ならば、せいぜい猿面爺いの御機嫌取りに乗って見定めてくれる」

京之介は云い放った。

「京之介どの……」

お眉の方は、不安を過らせた。

「母上、御心配は無用です。いざとなれば何もかも棄て、身軽になって逃げれば良いのです。ねえ、父上……」

京之介は、兵庫に笑い掛けた。

「さあて、そのような事、手前は教えましたかな……」

兵庫は苦笑した。

「兵庫さま……」

新八が、庭に入って来て濡れ縁の先に控えた。

「おう。来たか……」

兵庫は、下屋敷に来るなり、上屋敷の新八に使いの者を走らせていた。

「はい……」

新八は頷いた。

「京之介さま、お眉の方さま、此の者が新八。五平の孫です」

兵庫は、京之介とお眉の方に新八を引き合わせた。

「おお、五平さんの孫ですか……」

お眉の方は微笑んだ。

「新八か、京之介だ……」

京之介は、新八に親し気に笑い掛けた。

「新八です」

「今日から新八を下屋敷に詰めさせます。何かあった時は、新八に伝えて下さい。剣は父嘉門に仕込まれています」

兵庫は告げた。

「分かりました。ならば、新八を京之介どの付きにして戴きましょう」

お眉の方は決めた。

「ならば、新八。剣の稽古の相手をしてくれぬか……」

京之介は頼んだ。

「喜んで……」

新八は、笑みを浮かべて頷いた。

「新八、傷は治りきってはおらぬ。無理はするなよ」

「はい。心得ております」

「うむ。伊助が消えた後、新たな伊賀者が潜入しているやもしれぬ。呉々も油断するな」

兵庫は命じた。

兵庫は、新八を下屋敷の京之介の傍に残し、上屋敷に戻った。

上屋敷は峰姫が戻って以来、暗い緊張に満ちていた。

兵庫は、江戸目付頭の松木帯刀の用部屋を訪れた。

「邪魔をする……」

「おう、兵庫。何か分かったか……」

松木は、兵庫を迎えた。

「うむ。土方縫殿助と通じている御広敷番は沢井敬之助だ」

兵庫は報せた。

「沢井敬之助……」

松木は眉をひそめた。

「うむ……」

「で、どうする」

「摑まえれば、御広敷番頭の牧野蔵人や峰姫がいろいろ煩《うるさ》いだろうな」

兵庫は思いを巡らせた。

「ならば、密かに始末するか……」

松木は、厳しさを滲ませた。

「うむ。ま、密かに始末するにしても、それなりの役に立って貰ってからだ」

「役に立って貰うだと……」

松木は、戸惑いを浮かべた。

「うむ……」

兵庫は苦笑した。

中庭から差し込む夕陽は、兵庫の顔を赤く染めた。

「牧野……」

江戸目付頭の松木帯刀は、奥御殿に向かう御広敷番頭の牧野蔵人を呼び止めた。

「松木か……」

牧野蔵人は、学問所で一緒だった松木を一瞥《いちべつ》した。

「うむ……」

「何だ……」

「峰姫さまだが、大丈夫か……」

松木は声を潜めた。

「峰姫さま……」

牧野は眉をひそめた。

「うむ。その行状、噂になっている」

「噂に……」

「うむ。我儘勝手な振る舞い、許されるのが上様御息女故《ゆえ》となると……」

「上様御息女故となると……」

「我が殿も苦慮され、厳しく出られぬ。さすれば……」

「さすれば……」

牧野は、話の先を促した。

「水戸藩の為、密かに闇に葬《ほうむ》ろうと企てる者が現れるやもしれぬ……」

松木は、牧野を厳しく見据えた。

「密かに闇に葬るだと……」

牧野は、松木に鋭い眼を向けた。

「うむ。我ら目付も探索を急ぐが、御広敷番には呉々も油断なきようにな」

松木は告げた。

「分かった……」

「それから峰姫さま、その行状を慎《つつし》まれるが良い……」

松木は忠告した。

「松木、私は御広敷番頭に過ぎぬ……」

牧野は、自嘲《じちよう》の笑みを浮かべた。

「牧野……」

「忠告、忝《かたじけな》い……」

牧野は、松木に冷ややかな一瞥を残して奥御殿に向かって行った。

松木は見送った。

兵庫が背後から現れ、松木に並んだ。

「さあて。どうなるか……」

松木は苦笑した。

「牧野蔵人、配下の御広敷番に峰姫さまの警護を厳しくさせ、峰姫闇討《やみう》ちを企てる者の探索を始めるだろうな」

兵庫は読んだ。

「で、御広敷番の沢井敬之助は、それを土方縫殿助に報せる……」

松木は睨んだ。

「うむ。そして、土方縫殿助はどう出るか……」

兵庫は苦笑した。

我儘勝手な峰姫を闇討ちする者が現れるかもしれない……。

御広敷番頭の牧野蔵人は、沢井敬之助たち配下に峰姫の警護を厳しくするように命じた。

兵庫は、沢井敬之助を見張った。

沢井敬之助は、役目を終えて侍長屋に戻って着替え、裏門を出た。

水戸藩江戸上屋敷の裏には、大名旗本屋敷の武家地があるが上富坂町《かみとみざかまち》、中富坂《なかとみざか》町《まち》、下富坂町《しもとみざかまち》などの町家地もある。

沢井は、下富坂町に進んだ。

下富坂町の辻には托鉢坊主《たくはつぼうず》が佇み、経《きよう》を読んでいた。

沢井は、経を読む托鉢坊主に近付いた。

托鉢坊主は、饅頭笠《まんじゆうがさ》を僅かに上げて顔をちらりと見せた。

沢井は、托鉢坊主の頭陀袋《ずだぶくろ》に紙に包んだお布施《ふせ》を入れた。

托鉢坊主は頭を下げ、経を読み続けた。

沢井は、足早に水戸藩江戸上屋敷の裏門に戻って行った。

托鉢坊主は経を読み続けた。

兵庫は、托鉢坊主を見守った。

やがて、托鉢坊主は経を読み終え、水戸藩江戸上屋敷の裏から横手を進み、神田川に向かった。

兵庫は、托鉢坊主の身の熟《こな》しと足取りを窺った。

身の熟しや足取りには、武術の修行を積んできた者の気配が感じられた。

土方縫殿助の手の者……。

兵庫は見定め、托鉢坊主を尾行《つけ》た。

神田川の流れは煌めいていた。

托鉢坊主は、神田川沿いの道を進み、昌平橋を渡った。そして、八ツ小路から柳原通りを両国広小路に向かった。

兵庫は尾行た。

柳原通りを進み、神田川に架かっている和泉橋の先を南に曲がって行くと、やがて浜町堀に出る。浜町堀沿いには、沼津藩江戸中屋敷がある。

托鉢坊主は沼津藩江戸中屋敷に行く……。

兵庫は読んだ。

托鉢坊主は、沼津藩江戸中屋敷の裏門を潜った。

兵庫は見届けた。

沢井敬之助は、托鉢坊主を介して峰姫闇討ちを企てている者がいる事を土方縫殿助に報せたのだ。

報せを受けた土方縫殿助はどうするか……。

水戸藩江戸上屋敷の奥御殿に伊賀者を送り込んで峰姫闇討ちを阻止させ、藩主斉脩の責を云《い》い募《つの》る。

兵庫は読んだ。

それとも、峰姫闇討ちを見逃して騒ぎ立て、斉脩を窮地に追い込む。

何れにしろ、斉脩を失脚させ、手懐《てなず》けている京之介を藩主の座に据えて、傀儡《かいらい》にして水戸藩を密かに支配し、操《あやつ》る企てなのだ。

だが、御三家水戸徳川家を支配する企ては、沼津藩家老の土方縫殿助一人で出来るものではない。

土方縫殿助の背後には、藩主で老中の水野忠成がいるのだ。

老いた猿の背後には、大化け物か妖怪が潜んでいる。

兵庫は睨んだ。

一筋縄ではいかぬ化け物や妖怪……。

兵庫は、思いを巡らせた。

となると……。

兵庫は眉をひそめた。

「そうか。沢井敬之助、読み通りに動いたか……」

松木帯刀は笑った。

「ああ……」

兵庫は頷いた。

「さあて、土方縫殿助、峰姫さま闇討ちをどう利用するつもりかな……」

松木は眉をひそめた。

「何れにしろ、帯刀。俺は今夜から奥御殿の庭に忍ぶ……」

「兵庫が……」

松木は戸惑った。

「うむ。帯刀、土方縫殿助は峰姫を助けるのか、それとも……」

兵庫は読んだ。

「見殺しにするか……」

松木は、厳しさを滲ませた。

「いや。それ以上に……」

兵庫は眉をひそめた。

「それ以上だと……」

松木は戸惑った。

「ああ。相手は化け物だ。それ以上の事を企てているやもしれぬ……」

兵庫は苦笑した。

七

神田川の流れに月影は揺れた。

水戸藩江戸上屋敷は、月明かりに照らされて寝静まっていた。

藩主斉脩と正室峰姫のいる奥御殿は、宿直《とのい》の家来たちが詰め、御広敷番の牧野蔵人たちが密かな警護に就いていた。

兵庫は、日暮れ前に奥御殿の天井裏を検め、土方縫殿助配下の伊賀者がいないのを見定めた。

夜、兵庫は奥庭に忍び、峰姫闇討ちの刺客《しかく》が現れるのを待った。

老猿《ろうえん》の土方縫殿助は、峰姫闇討ちの企てを逆手《さかて》に取り、刺客を放つ。

峰姫を闇討ちする……。

己たちの利の為なら、上様御息女の峰姫の命さえも利用する。

それが、非情な化け物が取ったそれ以上の企てなのだ。

兵庫は睨んだ。

刻が過ぎた。

奥庭を囲む土塀の闇が揺れた。

来た……。

兵庫は、微かな緊張を覚えた。

忍びの者が五人、揺れた闇の中から現れた。

伊賀者……。

兵庫は見守った。

五人の伊賀者は、奥庭の闇伝いに奥御殿に忍び寄った。そして、閉められた雨戸を問外《といかき》で開け、忍び込もうとした。

刹那、兵庫は呼《よ》び子笛《こぶえ》を吹き鳴らした。

呼び子笛の音は、夜空に甲高く鳴り響いた。
五人の伊賀者は怯《ひる》んだ。
奥御殿の雨戸が開き、宿直の家来たちが現れ、警護の家来たちも駆け付けて来た。
五人の伊賀者は、引き上げようとした。
兵庫は、暗がりを出て伊賀者たちの前に立ちはだかった。
五人の伊賀者は、兵庫に八方手裏剣を投げた。
兵庫は、胴田貫を抜き放った。
閃光《せんこう》が走り、八方手裏剣が弾け飛んだ。
「伊賀者だな……」
兵庫は笑い掛けた。
警護の家来たちが、五人の伊賀者を取り囲んだ。
伊賀者の一人が忍び刀を抜き、兵庫に鋭く斬り掛かった。
兵庫は、胴田貫を鋭く斬り下げた。
伊賀者は、真っ向から斬り下げられ、血を飛ばして倒れた。
無双流の鮮やかな一太刀だった。

伊賀者たちは怯んだ。
警護の家来たちは、四人の伊賀者に猛然と襲い掛かった。
四人の伊賀者は、接近戦に追い込まれて飛び道具を封じられた。
警護の家来たちは、伊賀者たちを激しく斬り立てた。
兵庫は、逃れようとする伊賀忍びの足の筋を斬った。
足の筋を斬られた伊賀者は倒れた。
警護の家来たちは、倒れた伊賀者を捕らえようと殺到した。
「寄るな……」
兵庫は止めた。
次の瞬間、閃光が噴《ふ》いた。
倒れた伊賀者が自爆したのだ。
二人の警護の家来が、自爆に巻き込まれて吹き飛ばされた。
警護の家来たちは怯んだ。
兵庫は、残る三人の伊賀者に襲い掛かった。
警護の家来たちは、兵庫に煽《あお》られたように伊賀者に斬り掛かった。
家来たちが次々に駆け付けて来た。

その中には、御広敷番の者たちもいた。

兵庫は、御広敷番の者たちの中に頭の牧野蔵人と沢井敬之助がいないのに気付いた。

「兵庫。化け物の手の者、睨み通り現れたな」

松木帯刀がやって来た。

「松木、此処を頼む……」

兵庫は、奥御殿に走った。


奥御殿は静まり返っていた。

宿直や見張りの家来たちは、奥庭に駆け付けていた。

兵庫は、奥御殿の峰姫の暮らす棟《むね》に急いだ。

刃の嚙《か》み合う音が響いた。

兵庫は走った。

奥御殿の座敷では、牧野蔵人が峰姫とお付きの奥女中たちを庇《かば》い、沢井敬之助と斬り結んでいた。

沢井は押していた。

牧野は、手傷を負いながらも峰姫を護って必死に斬り合っていた。

「おのれ、沢井……」

牧野は声を震わせた。

「牧野、我儘女の為に虚《むな》しく死ぬか……」

沢井は、嘲笑を浮かべた。

「沢井敬之助、死ぬのはお前だ……」

兵庫は告げた。

沢井は、兵庫を振り返った。

「黒木……」

牧野は、微かな安堵を浮かべた。

「御刀番の黒木兵庫か……」

沢井は、刃風を鳴らして鋭く兵庫に斬り掛かった。

兵庫は、胴田貫を一閃した。

刃が嚙み合い、金属音が甲高く鳴った。

沢井は、刀を弾き飛ばされて後退《あとずさ》りした。

兵庫は踏み込み、沢井との間合《まあ》いを一気に詰めた。

沢井は怯み、跳び退《との》こうとした。

だが、兵庫は許さず、尚も間合いを詰めた。

「おのれ……」

沢井は、刀を翳《かざ》して兵庫に跳び掛かった。

兵庫は、胴田貫を横薙ぎに放った。

沢井の首が斬り飛ばされ、胴体が血を振《ふ》り撒《ま》いて廻り、斃《たお》れた。

無双流二《に》の太刀《たち》……。

沢井の首が転がった。

牧野、峰姫、奥女中たちは声を失い、呆然《ぼうぜん》と立ち尽くした。

兵庫は、残心《ざんしん》の構えを解いて胴田貫を一振りした。

鋒《きつさき》から血が飛んだ。

「沢井敬之助、土方縫殿助の手の者……」

兵庫は告げた。

土方縫殿助は、伊賀者を峰姫闇討ちの刺客にした。そして、伊賀者が失敗した時には囮《おとり》に変え、沢井敬之助を峰姫闇討ちの刺客にする二段構えだった。

「土方縫殿助の手の者……」

峰姫は驚いた。

「如何《いか》にも……」

兵庫は頷いた。

「何故だ。何故、土方は妾《わらわ》の命を狙う」

峰姫は、怒りに声を震わせた。

「峰姫さまを害し、我が殿と水戸藩の責を云《い》い募《つの》る道具にする為……」

兵庫は告げた。

「そのような。土方は妾に……」

峰姫は、思わず云い募ろうとした。

「峰姫さま……」

兵庫は、厳しく遮《さえぎ》った。

峰姫は、言葉を飲んだ。

「それ以上の事、申してはなりませぬ」

兵庫は、峰姫を見据えた。

「く、黒木……」

峰姫は呆然とした。

「牧野、後を頼む……」

「うむ……」

牧野は頷いた。

「では……」

兵庫は、峰姫に一礼して奥御殿の座敷を後にした。

「おのれ、土方縫殿助。妾を騙《だま》し、道具にしようとは……」

峰姫は、掠《かす》れた声を引《ひ》き攣《つ》らせた。


水戸藩江戸上屋敷に侵入した五人の伊賀者は討ち取られ、刺客の沢井敬之助は兵庫に斬り棄てられた。

土方縫殿助の企ては頓挫《とんざ》した。


兵庫は、藩主の斉脩に召し出された。

藩主斉脩は、御座の間の上段の間に着座し、傍《かたわ》らには江戸家老の榊原淡路守、近習頭の佐々木主水《ささきもんど》、目付頭の松木帯刀が控えていた。

兵庫は、斉脩に平伏した。

「面《おもて》を上げい、兵庫……」

斉脩は命じた。

「ははっ……」

兵庫は顔を上げた。

「昨夜の騒ぎの真相、松木から聞いたぞ」

斉脩は告げた。

「はっ。畏れ入ります」

「して、土方縫殿助、峰姫を道具に我が藩を混乱させ、余《よ》にその責めを取らせて隠居《いんきょ》させ、京之介に家督を継がせて傀儡として操り、水戸藩を支配する企てだったというのは真か……」

斉脩は眉をひそめた。

「はい。手前が密かに調べた限りでは……」

兵庫は頷いた。

「おのれ。土方縫殿助……」

斉脩は、怒りを滲ませた。

「殿、土方縫殿助の背後には、申すまでもなく沼津藩主で老中の水野忠成さまが控えております」

「ならば、此度《こたび》の一件、水野忠成の指図だと申すか……」

「おそらく……」

「おのれ。だが、水野や土方に狙われたのは、我が家中に弱味があるからだ」

斉脩は冷静だった。

「仰《おお》せの通りにございます」

兵庫は頷いた。

「榊原……」

斉脩は、江戸家老の榊原淡路守を見据えた。

「ははっ……」

「我が家中の弱味は峰姫……」

斉脩は、見定めていた。

「畏れ入ります」

「直ちに峰姫の身辺にいる者を検め、監視を厳しく致せ」

斉脩は、榊原を厳しく見据えた。

そこには、かつて榊原が土方縫殿助と共に上様八女の峰姫を斉脩の正室に推挙《すいきょ》し、迎えた事実があった。

「は、はい……」

榊原は、困惑した面持ちで頷いた。

「今、直ぐだ……」

斉脩の声には、怒気《どき》が含まれていた。

「畏まりました……」

榊原は、慌てて御座の間から出て行った。

「主水……」

斉脩は、近習頭の佐々木主水を見た。

「はっ……」

「眼を離すな……」

「心得ました」

佐々木主水は、榊原を追って出て行った。

斉脩は、佐々木を見送って小さな吐息を洩らした。

「殿……」

松木は心配した。

「案ずるな松木……」

「はい……」

「処で兵庫……」

「はっ……」

「土方は、向島の京之介の機嫌を取っているそうだな」

「はい。挨拶に託《かこ》つけて、南蛮渡りの遠眼鏡や自鳴琴などを贈り、京之介さまの御機嫌を取ろうとしております」

「して、京之介は……」

「土方が自分を手懐けて利用しようとしていると気が付かれ、年若だと思って侮りおって、と、笑っております」

兵庫は告げた。

「京之介が……」

「はい……」

「そうか。京之介がな……」

斉脩は感心した。

「はい……」

「して、兵庫。京之介は水戸徳川家の家督を継ぐ事を如何《いかが》思っておるのだ」

斉脩は懸念した。

「京之介さまには、御自分は庶子、水戸徳川家の家督を継ぐ御意思はないものかと……」

兵庫は告げた。

「水戸家の家督を継ぐ気持ちはないのか……」

斉脩は、微かな落胆を過《よぎ》らせた。

「はい。手前にはそう見えますが、殿には直に京之介さまにお尋ねになるのが宜しいかと存じます」

兵庫は勧めた。

「うむ。上様御息女の峰姫を慮《おもんぱか》って、京之介を嫡子に成さなかったのが裏目に出たか……」

斉脩は、微かな悔やみを過らせた。

兵庫は見守った。

「して、殿。此度の一件の始末、どのように着けますか……」

松木は尋ねた。

「相手は老中。御三家と云えども、事を荒立てては面倒になるだけだ……」

斉脩は、思い悩んだ。

「ならば殿。此の一件、手前が密かに始末致しますか……」

兵庫は云い放った。

「兵庫……」

「土方縫殿助、二度と水戸徳川家に手出し出来ぬように……」

「出来るか……」

「やるしかありますまい……」

兵庫は、不敵な笑みを浮かべた。


峰姫闇討ちに失敗した土方縫殿助は、此からどうするか……。

兵庫は、塗笠を上げて沼津藩江戸上屋敷を眺めた。

沼津藩江戸上屋敷は表門を閉め、静けさに覆われていた。

土方縫殿助はいるのか……。

兵庫は、沼津藩江戸上屋敷を窺った。

傍の大名屋敷の土塀の陰や寺の山門の陰には、人影が僅かに見えた。

沼津藩江戸上屋敷にも外を見張っている者はいる筈だ。

よし……。

兵庫は、塗笠を目深に被り直し、沼津藩江戸上屋敷の前を離れ、富山町《とみやまちよう》の通りに進んだ。

追って来る……。

兵庫は、何者かが追って来る気配を感じていた。

狙い通りだ……。

兵庫は、神谷町《かみやちよう》に出て通りを北に進んだ。そして、土取場《つちとりば》に曲がって城山《しろやま》に向かった。

追って来る者の気配は続いた。

兵庫は、江戸見坂《えどみざか》から霊南坂《れいなんざか》に出た。そして、肥前《ひぜん》国佐賀《さが》藩江戸中屋敷脇の汐見坂《しおみざか》を抜けて溜池《ためいけ》に進んだ。

溜池は煌めき、小鳥の囀りが飛び交っていた。

兵庫は、溜池の馬場に進んだ。
馬場に風が吹き抜けた。
兵庫は立ち止まり、振り返った。
小鳥の囀《わ》りが消えた。
殺気が湧いた。
刹那、幾つもの八方手裏剣が兵庫に飛来した。
兵庫は、塗笠を脱いで縦横に振るった。
飛来した八方手裏剣は、弾き飛ばされ、叩き落とされた。
兵庫の塗笠には、鎖《くさり》が編み込まれていた。
数人の伊賀者が現れ、忍び刀や苦無《くない》を構えて猛然と兵庫に殺到した。
兵庫は、胴田貫の鯉口を切った。
伊賀者たちは、次々に地を蹴って兵庫に襲い掛かった。
兵庫は、胴田貫を抜き打ちに放った。
閃光が走った。
先頭の伊賀者が忍び刀を握る腕を斬り飛ばされ、血を振り撒いて倒れて転がった。

伊賀者は、次々と兵庫に跳び掛かった。

兵庫は、無双流五《ご》の太刀《たち》乱《みだ》れ斬《ぎ》りを遣《つか》って伊賀者の手脚《てあし》の筋を断ち、闘えなくした。

無双流五の太刀乱れ斬りは、大勢の敵と斬り合う時、出来るだけ力を温存して敵の攻撃力を奪う刀法だ。

兵庫は、無双流五の太刀乱れ斬りを遣って伊賀者と斬り合った。

手脚の筋を断ち斬られた伊賀者は、戦意を失って馬場から消えた。

指笛が鳴った。

伊賀者は一斉に退《ひ》いた。

忍《しの》び装束《しょうぞく》に陣羽織《じんばおり》を着た男が現れた。

兵庫は身構えた。

「水戸藩御刀番頭の黒木兵庫か……」

陣羽織を着た男は、怒りを含んだ眼で兵庫を見据えた。

「如何にも。おぬしは……」

兵庫は笑い掛けた。

「伊賀の平蔵《へいぞう》……」

陣羽織を着た伊賀者は名乗った。

「伊賀の平蔵、土方縫殿助に雇われた忍びか……」

兵庫は見定めた。

「配下の者共が世話になったな……」

「土方縫殿助は沼津藩の上屋敷にいるのか……」

兵庫は尋ねた。

「家老が上屋敷にいて不思議はあるまい……」

平蔵は告げた。

「薄汚い老いた猿。恥も外聞《がいぶん》もなく、命惜しさに何処かに隠れているかと思ってな」

兵庫は苦笑した。

「土方縫殿助の命を狙うか……」

平蔵は、兵庫の腹の内を読んだ。

「さあて、そいつはどうかな……」

「果たして獲《と》れるかな、老いた猿の首……」

「平蔵、此以上、配下の伊賀者の命を無駄に散らせるな……」

兵庫は、伊賀者を哀れんだ。
「黙れ……」
平蔵は、右手の分銅《ふんどう》を放った。
分銅は鎖を伸ばして兵庫に飛んだ。
兵庫は、咄嗟に半身を開いて躱《かわ》した。
分銅は五角形であり、先端に鋭い刃が付いていた。
刹那、平蔵は左手の分銅を放った。
左手の分銅は、半身を開いた兵庫に飛んだ。
兵庫は、咄嗟に身を投げ出して躱した。
平蔵は、左右の手で分銅を操り、兵庫に鋭く放った。
分銅は鋭い刃を輝かせ、鎖を伸ばして交互に兵庫を襲った。
兵庫は躱し続けた。
分銅は、躱した兵庫の着物の胸元を切り裂き、鬢《びん》の解《ほつ》れ毛《げ》を斬り飛ばした。
兵庫は、大きく踏み込んで飛来する分銅に胴田貫を斬り下げた。
鎖が断ち斬られ、分銅は飛び去った。
「おのれ……」

平蔵は狼狽《うろた》えた。
兵庫は、胴田貫を唸らせた。
刹那、平蔵は炸裂弾《さくれつだん》を叩き付けた。
兵庫は、咄嗟に伏せた。
閃光と爆風が周囲に飛んだ。
兵庫は、爆風が治まるのを待った。
爆風は治まり、小鳥の囀りが響き始めた。
平蔵たち伊賀者は消えていた。
兵庫は立ち上がった。
「伊賀の平蔵か……」
兵庫は、不敵な笑みを浮かべた。

八

沼津藩江戸上屋敷には、伊賀者による結界《けっかい》が張られていた。
兵庫は、沼津藩江戸上屋敷から湧き上がっている微かな殺気に気付いた。
伊賀の平蔵が、土方縫殿助に黒木兵庫の事を報せ、警戒を厳しくしたのか……。
もしそうなら、土方縫殿助は江戸上屋敷にいる。
兵庫は読んだ。
僅かな刻が過ぎた。
上屋敷から中年の家来が現れ、切通しを進んだ。
よし……。
兵庫は、中年の家来を追った。

中年の家来は、切通しから時の鐘の前を通り、増上寺脇から大横丁《おおよこちょう》に進んだ。
兵庫は尾行た。
中年の家来は、大横丁から神明前《しんめいまえ》に出て古い一膳飯屋《いちぜんめしや》に素早く入った。
兵庫は見届け、暖簾《のれん》越しに古い一膳飯屋の店内を窺った。
古い一膳飯屋の店内では、中年の家来が徳利《とっくり》の酒を啜《すす》っていた。
兵庫は苦笑し、古い一膳飯屋に入った。
中年の家来は、目の前に座った兵庫に戸惑いを浮かべた。

「沼津藩水野家は、昼日中から酒を飲むのを許されていると思うのか……」

兵庫は、厳しく問い質した。

「えっ。いや。それは……」

中年の家来は狼狽《うろた》えた。

「名と役目を申せ……」

兵庫は訊いた。

「も、森山健一郎《もりやまけんいちろう》。勘定方《かんじょうかた》……」

中年の家来は、兵庫を沼津藩の目付と思い込み、名は森山健一郎、役目は勘定方だと告げた。

「勘定方の森山健一郎どのか……」

兵庫は笑い掛けた。

「い、如何にも……」

森山は、微かな戸惑いを過らせた。

「殿や土方さまが藩の金を湯水のように使うので大変だな」

兵庫は、同情の笑いを浮かべた。

「う、うむ。いつ、大金を仕度しろと命じられるか。土方さまが上屋敷におられる時は緊張のし通しですよ……」

森山は、兵庫に追従《ついしょう》笑いをした。

「だろうな。で、土方さまが上屋敷を出られたので息抜きの一杯か……」

兵庫は、鎌《かま》を掛けた。

「ええ。土方さまは浜町河岸の中屋敷に戻った故、せいぜいのんびりさせて頂きますよ」

森山は苦笑し、徳利の酒を手酌《てじゃく》で飲んだ。

老いた猿の土方縫殿助は、浜町河岸の沼津藩江戸中屋敷にいる。

兵庫は知った。

伊賀の平蔵は、沼津藩江戸上屋敷に結界を張り、土方縫殿助がいるかのように装《よそお》っていたのだ。

兵庫は苦笑した。

浜町堀には舟の櫓の軋みが響いていた。

沼津藩江戸中屋敷は、浜町堀東岸の大名屋敷の連なりにある。

兵庫は、浜町堀に架かっている組合橋の西詰から沼津藩江戸中屋敷を窺った。

江戸中屋敷には伊賀者の結界は張られていないが、屋敷内の警戒は厳しい筈だ。

兵庫は読んだ。

陽は大きく西に傾き、浜町堀を家並みの影で覆い始めた。

間もなく日が暮れる。

よし……。

兵庫は、笑みを浮かべて沼津藩江戸中屋敷の見張りに就いた。

夜、浜町堀に行き交う舟は途絶え、沼津藩江戸中屋敷は静けさに沈み始めた。

兵庫は、浜町堀に架かっている組合橋を渡り、沼津藩江戸中屋敷に向かった。

夜廻りの木戸番の打つ拍子木の音が、遠くで甲高く響いた。

兵庫は、沼津藩江戸中屋敷の潜り戸を叩いた。

「何方《どなた》だ……」

潜り戸の覗き穴が開き、門番が顔を見せた。

「上屋敷の勘定方森山健一郎だ。土方さまに火急《かきゅう》の報せだ」

兵庫は、昼間逢った酒好きの家来の名を告げた。

門番は潜り戸を開けた。

兵庫は、潜り戸から中屋敷内に入った。

「土方さまは、何方《どちら》だ……」

兵庫は、取次番士に尋ねた。

「はい。重臣屋敷の方に……」

「よし。案内致せ……」

「は、はい」

取次番士は、門番を残して兵庫を表御殿脇の重臣屋敷に誘《いざな》った。

沼津藩江戸中屋敷内は、見張りと見廻りの家来たちが厳しい警護をしていた。

兵庫は、取次番士に誘われて重臣屋敷に向かった。

「此方《こちら》です……」

取次番士は、二棟の重臣屋敷の一つを示した。

「うむ。御苦労だった」

兵庫は、取次番士と別れ、土方縫殿助のいる重臣屋敷に進んだ。

「誰だ……」

重臣屋敷を警護していた二人の家来は、近付いて来る兵庫に声を掛けた。

「勘定方森山健一郎。土方さまに火急のお報せがあって参上した。お取り次ぎを……」

兵庫は、そう云いながら警護の二人の家来に近付いた。そして、警護の二人の家来の脾腹《ひばら》に拳《こぶし》を素早く叩き込んだ。

警護の二人の家来は、苦しそうに呻《うめ》いて気を失い、崩れ落ちた。

兵庫は、気を失って崩れ落ちた警護の家来二人を板塀の陰に隠し、重臣屋敷の庭先に廻った。

重臣屋敷の庭には板塀が廻され、母屋《おもや》は雨戸が閉められていた。

兵庫は、小柄《こづか》を使って猿《さる》を外し、雨戸を開けた。そして、僅かに開けた雨戸から重臣屋敷に忍び込んだ。

重臣屋敷内は暗かった。

土方縫殿助は眠っているのか……。
兵庫は、暗い廊下に忍び、連なる座敷の気配を窺った。
奥の座敷から男の寝息が聞こえた。
土方縫殿助……。
兵庫は見定め、土方縫殿助の寝間に踏み込んだ。

土方縫殿助は、寝息を洩らして眠っていた。
兵庫は見下ろした。
小さな髷に猿面の老人の寝顔は、老醜《ろうしゅう》に満ちていた。
此の醜い老人の策謀に多くの者が翻弄《ほんろう》されて苦しんでいる……。
兵庫は、怒りを覚えた。
土方は口を半開きにし、涎《よだれ》を垂らさんばかりにして眠り続けていた。
兵庫は、眠っている土方の掛け布団を踏んで跨《また》ぎ、見下ろした。
土方は、踏まれた掛け布団に押さえ付けられ、眼を覚ました。
「何者……」
土方は、起き上がろうとした。

兵庫は、土方を覆う掛け布団の両端を踏み、動きを封じた。

「お、おのれ。曲者《くせもの》……」

土方は、藻掻《もが》き叫ぼうとした。

刹那、兵庫は胴田貫を土方の老顔の前に抜き払った。

閃光が走った。

土方は、思わず眼を瞠《みは》った。

兵庫は、土方の老顔の上で胴田貫を次々に閃《ひらめ》かせた。

胴田貫の閃きは、土方の老顔を掠《かす》るかのように覆った。

土方の眼には恐怖が満ち溢れ、醜く老いた猿の表情は次第に虚《うつ》ろになっていった。

兵庫は、尚も土方の老顔の上で胴田貫を縦横に振るった。

次の瞬間、土方は短い声をあげて意識を失った。そして、緩んだ口元から涎を垂らした。

兵庫は、胴田貫を鞘に納め、土方の様子を窺った。

土方は、鼾《いびき》を掻き始めた。

卒中……。

兵庫は、かつて卒中で倒れた老人が鼾を掻いていたのを見た事があった。

土方縫殿助は、恐怖の余り頭の血脈が切れ、卒中になったのだ。

兵庫は見定めた。

卒中になった土方縫殿助は、命永らえても動けず言葉を発する事も出来ない廃人となる。

此で良い……。

兵庫は、土方縫殿助を冷たく見下ろした。

猿面の老人は、醜く涎を垂らし、鼾を掻き続けていた。

兵庫は、卒中となった土方縫殿助を残して寝間を後にした。

土方縫殿助の鼾は続いた。

兵庫は、忍び込んだ廊下の雨戸から出て行った。


家老の土方縫殿助が急な病で寝込んだ……。

沼津藩家中に広まった噂は、やがて他藩の者たちの知る処《ところ》となった。

他藩の者たちは、老獪《ろうかい》な策謀家の土方縫殿助が病に寝込んだ事を笑った。

水戸藩藩主斉脩は、江戸城中で老中の沼津藩藩主の水野出羽守忠成と擦《す》れ違《ちが》った。

「此は出羽どの、家老の土方縫殿助、急な病と聞いたが、如何ですかな……」

斉脩は笑い掛けた。

「此は水戸さま、お気遣い忝《かたじけの》うございます。土方縫殿助、間もなく本復《ほんぷく》致し、水戸さまにも御挨拶に赴《おもむ》くでしょう」

水野は笑った。

「うむ。心配を掛けたと、諸大名家を訪れて拘《かか》わりを作る土方得意の手立ても、卒中ならば叶わず。無理はされるなとな……」

斉脩は告げた。

「えっ……」

水野は眉をひそめた。

「ではな……」

斉脩は、水野に笑い掛けて立ち去った。

「卒中だと……」

水野は、立ち去っていく斉脩を呆然と見送った。

何故だ……。

何故、斉脩は土方縫殿助が卒中で倒れたのを知っているのだ。
沼津藩としては、土方縫殿助の病が卒中だとは明らかにしていないのだ。
それなのに……。
水野は戸惑った。
まさか……。
土方縫殿助は、水戸藩家中の者に卒中の病にされたのかもしれない。
だが、卒中にされる事などあり得るのか……。
水野は困惑した。
一つだけはっきりしているのは、斉脩は土方縫殿助の病が卒中だと知っていた事だ。
何れにしろ土方の卒中には、水戸藩に拘わりがあるのだ。
水野は、背筋に寒気を覚えずにはいられなかった。
「そうですか、土方縫殿助、卒中に倒れたのに相違ありませんか……」
目付の松木帯刀は、笑みを浮かべた。
「うむ。水野出羽、余が卒中と申した時、僅かに戸惑い、狼狽えた。相違あるまい」

斉脩は苦笑した。

「はい……」

「それにしても、兵庫は如何にして土方を卒中に追い込んだのか……」

斉脩は首を捻った。

「さあて、無双流にあるのですかね。相手を卒中にする術が……」

「まさか、あるわけがあるまい。処で兵庫は如何致しておる……」

「京之介さまの御機嫌伺いに行きました」

「そうか。向島か……」

斉脩は頷いた。


水戸藩江戸上屋敷を出た兵庫は、神田川沿いの道を両国広小路に向かった。

誰かが見ている……。

神田川に架かっている昌平橋の北詰を抜けた時、兵庫は密かに追って来る者がいるのに気付いた。

何者だ……。

兵庫は、目深に被った塗笠越しにそれとなく追って来る者を窺った。
追って来る者の姿は見えなかった。しかし、追って来る者の気配は確かにあるのだ。
忍びか……。
兵庫は読んだ。
伊賀の平蔵配下の伊賀者か……。
兵庫は、神田川北岸の道を進んだ。
追って来る者の視線は、途切れる事はなかった。
よし……。
兵庫は、両国広小路手前の浅草御門前に出て、蔵前通りに曲がった。

蔵前通りは、浅草御門から浅草広小路を結んでいる。
兵庫は、蔵前通りを浅草広小路に向かった。
浅草御蔵に駒形堂《こまがたどう》……。
兵庫は、浅草広小路に出た。
浅草広小路は大勢の人が行き交い、賑わっていた。

兵庫は、浅草広小路を抜けて北本所に続く吾妻橋に進んだ。

吾妻橋の架かっている隅田川には、様々な船が行き交っていた。

兵庫は、吾妻橋を渡って源森橋に向かった。

源森橋を渡ると、水戸藩江戸下屋敷だ。

兵庫は、源森橋を渡り、水戸藩江戸下屋敷の南側を流れている源森川沿いを小梅村に進んだ。


小梅村には幾筋もの小川が流れ、緑の田畑が広がっていた。

兵庫は、小川の岸辺沿いを進んだ。そして、小川に架かっている小橋の途中に立ち止まって振り返った。

田畑の緑が風に揺れていた。

「伊賀の平蔵か……」

兵庫は、緑の田畑に呼び掛けた。

緑の田畑に伊賀の平蔵が現れた。

「土方縫殿助に何をした……」

平蔵の声には、裏をかかれた怒りが滲んでいた。

「土方縫殿助、卒中で倒れたそうだな」

兵庫は笑った。

「惚《とぼ》けるな……」

平蔵は怒鳴った。

緑の田畑に伊賀者たちが現れ、小橋の上にいる兵庫に八方手裏剣を放った。

八方手裏剣は唸りを上げて兵庫に飛来した。

兵庫は、塗笠を取って飛来する八方手裏剣を打ち払い、叩き落とした。

伊賀者は、八方手裏剣を放ちながら兵庫に迫り、忍び刀を翳して殺到した。

兵庫は、胴田貫を抜いて縦横に振るった。

伊賀者たちは血を飛ばし、次々に田畑の緑に沈んだ。

「平蔵、此以上、配下の血を流すな」

兵庫は眉をひそめた。

指笛が鳴り、伊賀者たちは一斉に退いた。

「黒木兵庫……」

伊賀の平蔵が、手鉾《てぼこ》を手にして現れた。

「伊賀の平蔵、土方縫殿助の手駒としてではなく、漸《ようや》く己の意志で闘うか……」

兵庫は苦笑した。

「黙れ……」

平蔵は、小橋の上の兵庫に手鉾で猛然と斬り掛かった。

刃風が唸り、手鉾と胴田貫の刃が嚙み合った。

火花が飛び散り、焦げ臭さが漂った。

兵庫と平蔵は、小橋の床板を鳴らして激しく斬り結んだ。そして、互いに飛び退き、間合い取って対峙《たいじ》した。

田畑の緑が揺れ、僅かな刻が過ぎた。

刹那、兵庫と平蔵は地を蹴った。

平蔵は手鉾を斬り下げ、兵庫は胴田貫を横薙ぎに一閃して交錯《こうさく》した。

兵庫と平蔵は、残心の構えを取った。

平蔵の手鉾の鋒《きつさき》から血が滴り落ちた。

兵庫は、肩口に血を滲ませて片膝を突いた。

次の瞬間、平蔵は手鉾を落として横倒しに斃れた。

土方縫殿助の手駒として働いて来た伊賀の平蔵は滅んだ。

兵庫は、残心の構えを解き、胴田貫に拭いを掛けて静かに鞘に納めた。

風が吹き抜け、田畑の緑が揺れた。


老中の沼津藩主水野忠成は、腹心の配下である土方縫殿助を卒中で失い、水戸藩を支配して操る企てを諦《あきら》めた。

水戸藩は、水野と土方の企てをどうにか凌《しの》いだ。

藩主斉脩は、正室峰姫の処遇を始めとした水戸藩の抱える懸案の始末を急いだ。


水戸藩納戸方御刀番頭の黒木兵庫は、江戸上屋敷の御刀蔵の用部屋に詰め、収蔵されている名刀を検め、手入れを続けた。

幾振りもの名刀が収蔵されている御刀蔵は冷え冷えとし、妖気に満ちていた。

兵庫は、名刀の放つ異様な妖気に包まれて静かに没入していく……。

第二話　丑の時参り

一

隅田川には船が行き交い、向島の土手道の桜並木は緑の葉を川風に揺らしていた。

水戸藩納戸方御刀番頭の黒木兵庫は、京之介とお眉の方の御機嫌伺いに水戸藩江戸下屋敷を訪れた。

京之介とお眉の方は、兵庫の訪問を喜んだ。

兵庫は、時候の挨拶をして世間話をし、京之介の剣術稽古の相手をした。

京之介は筋が良く、剣の腕をあげていた。

兵庫と京之介は、半刻（一時間）程木刀を打ち合って汗を流した。

「兵庫、近頃、江戸の町で何か面白い事はないか……」

京之介は、汗を拭《ぬぐ》いながら兵庫に笑い掛けた。

「さあて、面白い事ですか……」

兵庫は苦笑した。

「うん。何かないかな……」

京之介は、退屈そうな顔を兵庫に向けた。

自由に出歩けない京之介の一日は、下屋敷内で始まって下屋敷内で終わる。

遊びたい盛りの十二歳の少年が、下屋敷内で母親と僅《わず》かな者を相手に一日を過ごしている。

退屈するのは良く分かる……。

兵庫は、京之介を哀《あわ》れんだ。

「お眉の方さま。京之介さまを浅草寺《せんそうじ》にお連れしても良いですか……」

兵庫は、お眉の方に尋ねた。

「浅草寺に……」

お眉の方は眉をひそめた。

「はい。浅草寺は隅田川を挟んだ目と鼻の先、一刻（二時間）もあれば帰って来られますが……」

兵庫は告げた。

「良いでしょう、兵庫どの。ならば、京之介どのに買い物の仕方などを教えてやって頂けますか……」

お眉の方は頷《うなず》いた。

「心得ました」

兵庫は、笑みを浮かべた。

京之介は喜び、羽織を脱いで着物と袴《はかま》姿になり、お眉の方に見送られて兵庫と共に下屋敷を出た。

京之介は、眩《まぶ》しげに辺りを見廻した。

隅田川の流れは煌《きら》めき、土手道には僅かな人が行き交っていた。

「さあ、京之介さま。行きますよ」

兵庫は、京之介を促《うなが》した。

「うん……」

京之介は頷き、兵庫と源森橋を渡り、隅田川に架かっている吾妻橋に足を弾ませた。

吾妻橋には多くの人が行き交っていた。

兵庫と京之介は、並んで吾妻橋を進んだ。

「思い出すね」

京之介は、兵庫の顔を見上げた。

「何をです……」

兵庫は、京之介に怪訝《けげん》な目を向けた。

「水戸から江戸に来た道中を……」

京之介は笑った。

「覚えていますか……」

兵庫は苦笑した。

「うん。時々、思い出す」

京之介は頷いた。

「そうですか……」

裏柳生の刺客からの逃《のが》れ旅《たび》は、五歳だった幼子が七年経《た》っても忘れられない恐ろしく厳しい道中だったのだ。

京之介こと虎松は、逃れ旅に良く堪《た》えた。

兵庫は、京之介を哀れんだ。

浅草広小路は、金龍山《きんりゅうざん》浅草寺の参拝客《さんぱいきゃく》や遊山《ゆさん》の人で賑《にぎ》わっていた。

兵庫は、京之介を伴って人込みを通り、雷門《かみなりもん》に向かった。


浅草寺の境内《けいだい》には、大勢の参拝客が行き交っていた。

兵庫と京之介は、参拝を終えて境内の片隅にある茶店に立ち寄った。

兵庫は、茶店の亭主に茶と団子《だんご》を頼んだ。

京之介は、縁台《えんだい》に腰掛けて物珍しそうに周囲を見廻した。

武士、浪人、お店者《たなもの》、職人、武家女、町娘、老人、若者……。

茶店の前を行き交う参拝客には、様々な者がいた。

「いろんな人が沢山いるね」

京之介は感心した。

「浅草寺は江戸でも指折りの賑やかさですからね」

兵庫は微笑《ほほえ》んだ。

「おまちどおさまです」

亭主が、茶と団子を持って来た。

「うむ。京之介さま、茶代と団子代を……」

兵庫は促した。

「うん。亭主、幾らだ」

京之介は、張り切って団子と茶代を尋ねた。

「二十文です」

「二十文か……」

京之介は、懐《ふところ》から巾着《きんちゃく》を取り出し、二十文を払った。

「ありがとうございます」

亭主は二十文を受け取り、礼を述べて茶汲場《ちゃくみば》に戻って行った。

「さあ。頂きましょう」

「うん」

京之介は、団子を食べた。

「美味《うま》い、美味いね」

京之介は、満足そうに団子を食べ続けた。

「それは良かった」

兵庫は、笑みを浮かべて見守った。

京之介は、団子を食べ終え、行き交う参拝客を眺《なが》めながら茶を飲んだ。

「兵庫、あの者たちは何をしているのだ」

京之介は、境内の一角を示した。

兵庫は、京之介の視線の先を見た。

京之介の視線の先には石灯籠《いしどうろう》があり、その陰で遊び人と浪人がお店《たな》の若旦那風の男と町娘を取り囲んでいた。

兵庫は眉をひそめた。

遊び人と浪人は、町娘連れの若旦那に因縁《いんねん》を付けて金を巻き上げようとしている。

兵庫は睨《にら》んだ。

「あっ。羽織を着た若い男が出した財布を浪人が奪った」

京之介は、情況を声に出した。

兵庫は、縁台から立ち上がった。

「泥棒だ……」

「いや。強盗です」

兵庫は告げ、町娘を連れた若旦那の許に向かった。

京之介は続いた。


浪人と遊び人は、若旦那の財布の中を覗《のぞ》き込《こ》んでいた。

「何をしている」

兵庫は、浪人と遊び人に声を掛けた。

浪人と遊び人は驚き、財布を握り締めて慌《あわ》てて立ち去ろうとした。

「待て……」

兵庫は呼び止めた。

しかし、遊び人と浪人は、構わずに行こうとした。

京之介が、遊び人と浪人の前に立ちはだかった。

「あ……」

兵庫は、密《ひそ》かに狼狽《うろた》えた。

「あの者の財布を返せ」

京之介は、浪人と遊び人を睨み付けて命じた。

「小僧、退《ど》け……」

浪人は怒鳴った。

「黙れ。強盗……」

京之介は、怒鳴り返した。

周りにいた参拝客が気付き、恐ろしそうに取り囲み始めた。

「早く此《こ》の者《もの》に財布を返してやれ」

兵庫は素早く浪人に近付き、張り飛ばして財布を取り戻した。

浪人は、張り飛ばされて無様《ぶざま》に倒れた。

遊び人は狼狽え、京之介を突き飛ばして逃げようとした。

刹那《せつな》、京之介は体を開いて躱《かわ》し、足を飛ばして引っ掛けた。

遊び人は、足を取られて転んだ。

京之介は、転んだ遊び人を蹴り飛ばした。

町奉行所の同心が、岡《おか》っ引《ぴき》を従えて駆け寄って来た。

「どうされた……」

同心は、兵庫に尋ねた。

「うむ。此の者たちが此方《こちら》の若旦那を脅《おど》して財布を奪ったので取り押さえた」

兵庫は告げた。

「それは御苦労でした。卒爾《そつじ》ながら、お手前は……」

同心は尋ねた。

「水戸藩家中の黒木兵庫……」

「おお、水戸藩の方ですか。で、此方は……」

同心は、京之介を示した。

「私は……」

京之介は名乗ろうとした。

「手前の倅《せがれ》、黒木京之介です」

兵庫は京之介を遮《さえぎ》り、笑顔で告げた。

「左様《さよう》ですか……」

同心は頷いた。

「では、先を急ぐのでな。行くぞ、京之介」

兵庫は、京之介を促した。

「はい。父上……」

京之介は笑った。

兵庫と京之介は、仁王門《におうもん》を出た。

「面白かったですね。父上……」

京之介は、楽しげに笑った。

「京之介さま、父上はお止め下さい」

「でも、さっき……」

「水戸徳川家の若君の京之介さまと知られては、いろいろ面倒です。それで方便《ほうべん》で手前の倅と申した迄《まで》、御無礼をお許し下さい」

兵庫は詫《わ》びた。

「そうか。でも、俺は黒木兵庫の倅でも構わないけどな……」

京之介は、悪戯《いたずら》っぽく笑った。

「何を馬鹿な事を、さあ、帰りますよ」

兵庫は促した。

「未だです、父上。母上の土産《みやげ》を買わなければなりません」

京之介は笑い、参道に連《つら》なる土産物屋に向かった。

兵庫は苦笑した。

兵庫は、お眉の方への土産を買った京之介を下屋敷に送り、江戸上屋敷に戻った。

夕暮れ時、上屋敷の侍長屋には役目を終えた家来たちが、表御殿から戻って来ていた。

兵庫は、侍長屋の家に入った。

「お帰りなさい……」

小者の新八が迎えた。

「おう。今帰った」

「京之介さまとお眉の方さま、お変わりありませんでしたか……」

新八は、濯《すす》ぎを用意しながら尋ねた。

「うむ。お変わりなかった」

兵庫は、足を濯ぎながら告げた。

「それは良かった」

「うむ……」

兵庫は頷いた。

「御免……」

腰高障子が叩かれた。

「はい。只今《ただいま》……」

新八が、腰高障子を開けた。

目付頭の松木帯刀が、貧乏徳利《びんぼうどっくり》を手にして佇《たたず》んでいた。

「此《これ》は、松木さま……」

新八は迎えた。

「兵庫が戻ったそうだな」

「はい、只今……」

「どうした、帯刀。まあ、上がれ……」

兵庫は、松木を家の中に招いた。

「うむ、邪魔をする。新八、手土産だ」

松木は貧乏徳利を差し出した。

「ありがとうございます。台所に行って酒の肴《さかな》を頂いて来ます」

新八は、松木に礼を述べ、兵庫に告げた。

「うん。頼む……」

兵庫は頷いた。

新八は出て行った。

「して、帯刀。どうした……」

兵庫は湯飲み茶碗を二つ用意して、松木帯刀と向かい合った。

「うむ。このような物が表門内に投げ込まれていた」

松木は、懐《ふところ》から取り出した油紙の包みを開いた。

中から五寸釘《ごすんくぎ》が打ち込まれた藁人形《わらにんぎょう》が出て来た。

「丑《うし》の時参《ときまい》りの藁人形か……」

兵庫は、藁人形を検《あらた》めた。

藁人形の腹には、『斉脩』と書かれた紙が貼り付けられていた。

「帯刀……」

兵庫は眉をひそめた。

「うむ。殿のお名前だ」

松木は、厳しい面持《おもも》ちで頷いた。

〝丑の時参り〟とは、嫉妬《しっと》深い女などが妬《ねた》ましく思う人を呪《のろ》い殺す為、丑の時に神社に参詣《さんけい》し、呪う相手に見立てた藁人形を神木《しんぼく》に打ち付けると、七日目の満願の日に死ぬと信じられた呪いだった。

「何者かが、殿を呪い殺そうとしているか……」

兵庫は読んだ。

「うむ。丑の時参り、嫉妬深い女のやる事ならば……」

松木は、兵庫を見詰めた。

「峰姫さまの仕業《しわざ》か……」

兵庫は睨んだ。

「うむ……」

松木は、厳しい面持ちで頷いた。

「そいつはあるまい……」

「ない……」

松木は眉をひそめた。

「うむ。分かり易過《やすす》ぎる」

兵庫は苦笑した。

「ならば、御側室さまたちの中の誰かが……」

松木は、身を乗り出した。

「御側室……」

斉脩の側室は、お眉の方の他に二人おり、上屋敷の奥御殿で静かに暮らしていた。

「うむ。取《と》り敢《あ》えず、峰姫さまと二人の御側室に見張りを付けた」

「そうか……」

兵庫は、松木が持参した貧乏徳利の酒を湯飲み茶碗に注《つ》いで差し出した。

「うむ……」

松木は、差し出された湯飲み茶碗の酒を飲んだ。

兵庫は、残る湯飲み茶碗に酒を満たした。

「何者かが我が殿を呪い、禍《わざわい》を及ぼそうとしているのに相違あるまい……」

松木は、土方縫殿助との暗闘の後だけに神経質になっていた。

「禍か……」

兵庫は、湯飲み茶碗に注いだ酒を飲んだ。

「うむ……」

松木は頷いた。

「先《ま》ずは、藁人形を投げ込んだのが、何者か突き止めるか……」

兵庫は、松木を見た。

「うむ。配下の者たちに表門と裏門を交替で見張らせている」

「再び現れるのを待つしかないか……」

「現れたら尾行《つけ》て、素性《すじよう》を突き止めろと命じてある」

松木は告げた。

「今の処はそれしか打つ手はないか……」

兵庫は、湯飲み茶碗の酒を飲んだ。

土方縫殿助との暗闘が終わり、家中も漸《ようや》く落ち着いたというのに……。

酒は不味《まず》かった。


その夜、松木配下の目付たちの不寝《ねず》の番《ばん》にも拘《かか》わらず、藁人形を投げ込む者や不審な動きをする者は現れなかった。

松木は、配下の目付に見張りを続けさせた。


数日が過ぎた。

水戸藩江戸上屋敷では、何事も起こらなかった。

松木は、本郷の江戸中屋敷や向島の江戸下屋敷にも異変はないか問い質した。

だが、中屋敷や下屋敷にも異変はなかった。

只《ただ》の嫌がらせ、悪戯なのか……。

だが、松木は配下の目付に油断なく警戒を続けさせた。


御刀蔵は、名刀の妖気《ようき》に満ちていた。

兵庫は、収蔵されている刀を検め、手入れをしていた。

「黒木さま……」

配下の御刀番が、用部屋の戸口に現れた。

「何だ……」

「下屋敷のお眉の方さまから書状が届きました」

配下の御刀番は告げた。

「お眉の方さまから……」

兵庫は、刀に拭《ぬぐ》いを掛けていた手を止めた。

「はい……」

配下の御刀番は、書状を差し出した。

「よし。そこに置いておけ……」

兵庫は、拭いを掛けていた刀の手入れを急いだ。そして、手入れに一区切り付け、お眉の方からの書状を読んだ。

お眉の方からの書状には、時折、京之介が一刻程の間、下屋敷から姿を消す事があると書かれていた。

京之介は、密かに下屋敷を抜け出しているようであり、お眉の方の心配が書き綴《つづ》られていた。

兵庫は、お眉の方からの書状を読み終えた。

到頭《とうとう》、京之介さまが下屋敷を抜け出す時が来たのだ。

遅かれ早かれいつかは来る事だが、十二歳では早過ぎる。

兵庫は、母親のお眉の方の心配が良く分かった。

藩主斉脩の名が書かれた紙を貼った丑の時参りの藁人形……。

京之介の屋敷の抜け出し……。

水戸徳川家には次々と面倒が起きる。

先ずは、向島の江戸下屋敷に行ってみるか……。

兵庫は、新八を従えて下屋敷に向かった。

向島の下屋敷に向かう間に、兵庫は京之介が密かに下屋敷を抜け出している事を、お眉の方が書状で報《しら》せて来たと新八に教えた。

「京之介さまが……」

新八は驚いた。

「うむ……」

「到頭、お屋敷を抜け出すようになりましたか……」

新八は微笑んだ。

「ま、馬鹿な真似はしないだろうが、未だ十二歳の子供だ。お眉の方さまが御心配されるのも無理はない」

兵庫は苦笑した。

「では、今日は京之介さまに諫言《かんげん》されるのですか……」

「さあて、そいつはどうかな……」

兵庫は苦笑し、新八と共に神田川沿いの道を進んだ。

二

奥御殿の庭では、京之介が気合いを発して木刀を振っていた。

「して、京之介さまが密かに下屋敷を抜け出すようになってから、変わった事はありませんか……」

兵庫は、お眉の方に尋ねた。

「ええ。私や下屋敷の者に対する態度は変わらないのですが……」

お眉の方は眉をひそめた。

「何となく様子が違いますか……」

「はい。何かを隠《しか》しているような。でも、何分《なにぶん》にも何をしているのか分からぬ故、頭ごなしに叱る訳にもいかず」

お眉の方は、吐息《といき》を洩《も》らした。

「分かりました。密かに下屋敷を抜け出して何をしているのか、私が探ってみます」

兵庫は告げた。

「兵庫どのにそうして頂ければ、私も安心です。宜しくお願い致します」

お眉の方は、安堵《あんど》を過《よぎ》らせた。

「それでは……」

兵庫は、お眉の方に挨拶をして京之介の許《もと》に向かった。

京之介は、汗を飛ばし気合いを発っして木刀を振っていた。

「上段からの一刀は、もう少し腰を沈めて打ち下ろすのです」

兵庫は、笑顔で声を掛けた。

「おお。兵庫の父上……」

兵庫は、顔を輝かせた。

「お励《はげ》みですね、京之介さま……」

「はい。それで、腰をもう少し沈めるのですか……」

京之介は、木刀を上段に構え、腰を僅かに沈めた。そして、気合いを発して木刀を振り下ろした。

木刀が風を斬る音が短くなった。

「うむ。それで宜しい……」

兵庫は、笑みを浮かべて頷いた。

京之介は、井戸端《いどばた》で片肌脱《かたはだぬ》ぎになって汗を拭った。

「京之介さま。近頃、下屋敷を抜け出しているそうですな」

兵庫は、笑い掛けた。

「いや。屋敷を抜け出してなんかいないよ」

京之介は、怒ったように口を尖《とが》らせて否定した。

「そうですか……」

兵庫は苦笑した。

「うん……」

京之介は、兵庫を見詰めて頷いた。

「京之介さま。堅苦しい屋敷を抜け出したくなる気持ちは良く分かります。ですが、抜け出しても、馬鹿な真似や、母上のお眉の方さまを哀しませるような真似をしてはなりませぬぞ」

兵庫は、云い聞かせた。

「分かっています」

京之介は頷いた。

「そうですか。それなら宜しいのですが……」

兵庫は眉をひそめた。

「約束します」

「約束……」

「うん。馬鹿な真似や母上を哀しませるような真似はしないと約束します」

京之介は、兵庫を見詰めた。

「宜しい。約束ですぞ」

兵庫は頷き、微笑んだ。


兵庫は、表御殿を出て表門脇の門番所に向かった。

表門の門番所では、新八が取次番士の宮坂竜之進と腰掛で話をしていた。

新八と宮坂は、やって来る兵庫に気が付き、腰掛から立ち上がった。

「待たせたな、新八……」

「いえ。では、上屋敷にお戻りに……」

「うむ……」

「心得ました。じゃあ、宮坂さま、御無礼致します」

新八は、宮坂に挨拶をした。

「いや。御苦労様でした」

宮坂は、兵庫に挨拶をして見送った。

本所横川から続く源森川は、源森橋を潜って隅田川に流れ込んでいた。

兵庫は、源森橋の袂《たもと》に立ち止まり、水戸藩江戸下屋敷を振り返った。

「京之介さまが下屋敷を抜け出しているのは間違いないな」

「そうですか……」

新八は眉をひそめた。

「取次番士の宮坂は気付いていないのか……」

「はい。どうやら京之介さま、表門や裏門ではなく、奥庭の土塀を乗り越えて抜け出しているようです」

新八は、表門や裏門の番士や門番にそれとなく聞き込んだ結果、そう読んだ。

「そうか……」

「はい……」

「ならば、新八。下屋敷を見張り、京之介さまが抜け出して何をしているのか、突き止めるのだ」

兵庫は命じた。

「心得ました」

新八は頷いた。

「京之介さまが下屋敷を抜け出すのは、お眉の方さまのお言葉では、未《ひつじ》の刻八つ(午後二時)から申《さる》の刻七つ(午後四時)迄の間のようだ」

「一刻ですか……」

「うむ。その一刻の間、何処《どこ》で何をしているのか……」

兵庫は、隅田川に架かった吾妻橋から花川戸《はなかわど》の町並み、その奥に見える浅草寺の五重塔や伽藍《がらん》を眩しげに眺めた。


水戸藩江戸上屋敷は表門を閉め、静寂に覆《おお》われていた。

神田川沿いをやって来た兵庫は、行く手の水戸藩江戸上屋敷を眺めた。

うん……。

兵庫は、微《かす》かな違和感を覚えた。

上屋敷で何か異変でも起きたか……。

兵庫は、微かな緊張を覚えた。

上屋敷は、緊張感に満ちていた。

兵庫は、真っ直ぐに表御殿にある目付頭松木帯刀の用部屋に急いだ。

「帯刀……」

「おお、兵庫。帰ったか……」

松木は、微かな緊張を浮かべて兵庫を迎えた。

「何かあったのか……」

「殿が庭で転ばれ、お怪我をされた」

「殿がお怪我を……」

兵庫は眉をひそめた。

「うむ。転ばれた時、咄嗟《とっさ》に左手を出したせいで手首を捻《ひね》り、骨を折られたようだ」

「そうか。左の手首を折られたか……」

命に拘《かか》わる怪我ではない……。

兵庫は、微かな安堵を過《よぎ》らせた。

「うむ……」

「その時、殿は誰かと一緒だったのか……」

兵庫は訊いた。

「いや。二人の近習と小姓《こしょう》、三人がお供をしていただけだ」

「そうか。して、何故《なにゆえ》に転ばれた」

「殿のお話では、何かに躓《つまず》き、足が縺《もつ》れたとの事だ」

「ならば、何かが飛来し、咄嗟に躱そうとしての事ではないのだな」

「うむ。直《す》ぐに奥庭一帯を配下の者共に検めさせたが、変わった事や不審な者が潜んでいるような事はなかった」

「そうか……」

兵庫は安堵した。

「処《ところ》が家中の者共、丑の時参りの藁人形が投げ込まれたのを知っており、殿が祟《たた》りに遭《あ》われたと噂が広まってな」

松木は眉をひそめた。

兵庫は、上屋敷に抱いた微かな違和感の正体を知った。

「祟りか。して、帯刀。藁人形を投げ込んだ者の割り出しは、どうなっている」

「そいつが未だ、それらしい者は浮かんでいなくてな」

松木は、悔しさを過らせた。

「そうか……」

兵庫は頷いた。

水戸藩江戸上屋敷では、藩主の斉脩が呪いを掛けられていると噂が広まり、緊張と疑心暗鬼《ぎしんあんき》が広がり始めていた。

丑の時参りは、藁人形に釘を打ち、七日目の満願の日に呪われた者が死ぬとされていた。

此のままでは、江戸上屋敷の緊張と疑心暗鬼は満願の日に向かって募《つの》るばかりだ。

一刻も早く藁人形を投げ込んだ者を割り出し、真相を突き止めなければならない。

兵庫は、微かな焦《あせ》りを覚えた。

水戸藩江戸下屋敷裏の常泉寺は、未の刻八つの鐘を向島に響かせた。

新八は、源森橋の袂に潜んで江戸下屋敷を見守った。

刻が僅かに過ぎた頃、江戸下屋敷南側の土塀の奥に小柄な人影が現れた。

新八は見守った。

小柄な人影は、身軽に土塀を飛び降り、周囲を窺った。

京之介さまだ……。
新八は見定めた。
京之介は、源森川沿いの道を源森橋に向かって足早にやって来た。
新八は、物陰に潜んだ。
京之介は新八に気付かず、源森橋を渡って吾妻橋に急いだ。
よし……。
新八は、京之介を追った。

隅田川に架かっている吾妻橋には、多くの人が行き交っていた。
京之介は、足早に吾妻橋を渡って浅草広小路の賑わいを抜け、雷門を潜った。
新八は追った。

京之介は、浅草寺の境内を通って本堂に参拝した。
新八は見守った。
今の処、変わった様子はない……。
新八は、京之介に近寄る不審な者がいないか窺った。だが、不審な者はいなかった。

京之介は、参拝を終えて本堂を降りて境内を東門に向かった。

新八は追った。

京之介は、東門から浅草寺の境内を出た。

浅草寺境内の東門を出ると、多くの宿坊《しゅくぼう》が連なっていた。

京之介は、東門を出た処に筵《むしろ》を敷き、野菜を売っている同じ年頃の百姓の子に近付いた。

新八は、東門の陰から見守った。

「寅吉《とらきち》……」

京之介は、野菜を売る百姓の子の寅吉に近付いた。

「来たのか、虎松……」

寅吉は、京之介の幼名を呼んだ。

「うん。おっ母ちゃんの具合、どうなんだ」

京之介は、寅吉の隣に座り、大根や人参、小松菜などを並べ直しながら尋ねた。

「未だ熱が下がらないよ」

寅吉は、不安を滲《にじ》ませた。

「そうか……」

「虎松、薬種屋でおっ母ちゃんの熱冷ましを買って来たいんだけど、店番頼めるかな」

「へえ。今日はもう薬代を稼げたのか……」

「うん。二日分だけどな」

寅吉は嬉《うれ》しそうに頷き、幾らかの文銭を見せた。

「それは良かった。いつも通り、どれも一つ十文だな」

京之介は、大根や人参、小松菜を見廻した。

「うん。じゃあ頼む……」

寅吉は、店番を京之介に頼み、浅草広小路に走った。

京之介は、野菜売りの店番を始めた。

水戸徳川家の若様が、野菜売りの百姓の手伝いをしている……。

新八は戸惑った。

京之介が店番をする野菜売りには、近所の寺男や参拝帰りの客が立ち寄った。

京之介は、手慣れた様子で客に大根や人参、小松菜を売っていた。

中々《なかなか》手際の良い店番だ……。

新八は感心した。

京之介は、楽しげに大根、人参、小松菜を売っていた。

二人の地廻《じまわ》りが、浅草広小路の方からやって来た。

「おう。誰に断って商売をしているんだ」

地廻りは、京之介に凄《すご》んだ。

「誰って、此処《ここ》での商売は、寅吉のおっ母ちゃんが納所《なっしょ》の坊さまの許しを得ていると聞く」

京之介は笑った。

「煩《うる》せえ、小僧……」

地廻りの一人が、大根を蹴り上げた。

「おのれ、狼藉者《ろうぜきもの》。寅吉とおっ母ちゃんが丹精《たんせい》込めて育てた大根を……」

京之介は怒り、刀を握って立ち上がった。

拙《まず》い……。

新八は、東門の陰から出た。

「やるか、小僧……」

二人の地廻りは、嘲《あざけ》りを浮かべた。

「おお……」

京之介は対峙《たいじ》した。

「待ちな。相手は俺だ」

新八が割って入り、京之介を庇《かば》って立った。

「新八……」

京之介は、現れた新八に戸惑った。

「邪魔するな。退《ど》け……」

地廻りたちは、新八を突き飛ばそうとした。

刹那、新八は後ろ腰から中間木刀を抜いて鋭く振るった。

骨の折れる鈍い音が鳴った。

地廻りたちは、打ち据えられた腕と肩を押さえて蹲《うずくま》り、激痛に呻《うめ》いた。

「次は命を獲《と》るよ……」

新八は、笑顔で脅した。

地廻りたちは、腕と肩を押さえて逃げていった。

「流石《さすが》は無双流黒木嘉門の弟子だね」

京之介は感心した。

「いえ。相手は地廻りですから……」

新八は苦笑した。

「それにしても、どうして此処に……」

京之介は困惑した。

「そ、それは……」

新八は狼狽えた。

「そうか。母上と兵庫の命《めい》で俺を尾行ていたんだね」

京之介は気が付いた。

「え、まあ……」

新八は苦笑し、言葉を濁《にご》した。

「それで、寅吉の店を手伝い始めたんですか……」

新八は、戸惑いを浮かべた。

「うん。金を持たずに下屋敷を抜け出し、腹を減らしていたら、此処で寅吉が握り飯を食べていて、美味そうだなと思って見ていたら、寅吉のおっ母ちゃんが握り飯を一つくれたんだ。美味《おい》しかった……」

京之介は、笑みを浮かべて頷いた。

「握り飯の恩返しの店番ですか……」

新八は苦笑した。

「うん。握り飯を食べたら、兵庫の父上と水戸から江戸に来た道中を思い出してね」

「水戸からの道中を……」

新八は、京之介が虎松と名乗っていた五歳の頃、兵庫に護《まも》られて裏柳生の忍びと闘いながら江戸に来た話を聞いていた。

「うん。それに、おっ母ちゃんが熱を出して倒れて、寅吉一人で大変だったから……」

京之介は眉をひそめた。

「下屋敷を抜け出して寅吉の手伝いをしていたんですか……」

新八は、京之介が下屋敷を抜け出していた理由を知った。

「うん。寅吉を手伝って大根や人参を売るなんて、母上は許してくれないだろうから……」

京之介は、淋《さみ》しげに項垂《うなだ》れた。

「お眉の方さまに黙って下屋敷を抜け出していましたか……」

「うん……」

京之介は頷いた。

新八は、京之介が下屋敷を抜け出して何処で何をしていたか突き止めた。

「ですが、京之介さま。悪い事さえしていなければ、お眉の方さまはお許し下さいますし、病の寅吉のおっ母ちゃんを助けてくれるかもしれませんよ」

新八は笑った。

「そうかな……」

京之介は、不安を過《よぎ》らせた。

「ええ。お眉の方さまならきっとお許し下さり、助けてくれます。兵庫さまもきっと……」

新八は、笑顔で頷いた。

「兵庫の父上もか……」

京之介は、安心したように顔を輝かせた。

呪いの藁人形を投げ込んだと思われる者はその後も現れず、松木帯刀たち目付の探索は行き詰まっていた。

「そうか。手掛かりも摑《つか》めぬか……」

兵庫は眉をひそめた。

「うむ。今日迄、昼夜を問わず配下に見張らせているが、怪しい者は現れていない」

松木は、腹立たしさを滲ませた。

「帯刀。こうなると、上屋敷内の者も詳しく調べるべきだな」

兵庫は告げた。

「上屋敷内の者をか……」

松木は眉をひそめた。

「うむ……」

「お藤《ふじ》の方《かた》さまとお奈美《なみ》の方《かた》さまには、今の処、不審な動きはないようだが……」

松木は告げた。

藩主斉脩には、正室峰姫の他にお眉の方、お藤の方、お奈美の方の三人の側室がいた。その内、お眉の方は向島の下屋敷におり、上屋敷にはお藤の方とお奈美の方が暮らしていた。

松木は、藁人形が投げ込まれた直後からお藤の方とお奈美の方を配下の目付に調べさせていた。

「うむ。だが、御本人たちに不審はなくても、身辺にいる者たちが密かに動いているかもしれぬ」

兵庫は、厳しい読みを見せた。

「分かった。直ぐに手配《てくば》りしよう」

松木は頷いた。

「丑の時参りの満願成就《まんがんじようじゆ》は、藁人形を使って呪いを掛けて七日目。殿の身辺の警護、呉々も油断なきよう、近習頭の佐々木どのに伝えるのだな」

兵庫は、緊張を滲ませて伝えた。

三

申の刻七つ。

寅吉は、売れ残った野菜と筵を竹籠《たけかご》に入れて担《かつ》ぎ、母親の熱冷ましの薬を懐に忍ばせて、浅草寺東門前の通りを北に進んで行った。

北に向かうと山谷堀《さんやぼり》が流れており、架かっている橋を渡った処に田畑が広がっている。

寅吉の家は、その広がっている田畑の片隅にあった。

京之介は、竹籠を担いで帰って行く寅吉を見送った。

寅吉は、振り返って大きく手を振った。

「寅吉のおっ母ちゃん、早く熱が下がると良いですね」

新八が現れ、京之介に近付いた。

「うん……」

「さあ。お眉の方さまが心配しておられます。帰りますか……」

「うん。母上、何て云うかな」

京之介は不安を過らせた。

「御心配は要りませんよ」

新八は笑った。

「だったら良いな……」

京之介は笑い、東門前の通りを南にある浅草広小路に向かった。

新八は続いた。

陽は西に傾いていた。


水戸藩江戸上屋敷は夕陽に甍《いらか》を輝かせた。

だが上屋敷内は、甍の輝きとは裏腹に薄暗く、緊張に満ちていた。

近習頭の佐々木主水は、配下の者たちと斉脩の警護を厳しくしていた。

兵庫は、目付頭の松木帯刀と上屋敷内の警戒に就《つ》いていた。

夕陽は沈み、上屋敷には大禍時《おおまがとき》が訪れた。

奥御殿の奥庭から女の悲鳴が上がった。

兵庫は、松木たち目付と奥庭に走った。

池に太鼓橋《たいこばし》、築山《つきやま》に四阿《あずまや》のある奥庭は、夕闇に覆われていた。

兵庫と松木が駆け付けた時、奥庭には佐々木主水たち近習が集まり、四阿の軒《のき》に吊り下げられた烏《からす》の死骸を下ろしていた。

「佐々木どの……」

松木は、近習頭の佐々木に声を掛けた。

「何者かが、烏の死骸を四阿の軒先に吊るしたようだ」

佐々木は、腹立たしげに告げた。

「烏の死骸か……」

「うむ。それで、奥女中がそれを見て悲鳴を上げた」

「そうか……」

「ならば、松木どの、後は宜しく。我らは殿の警護に戻る」

「心得た」

松木は頷いた。

佐々木は、近習たちに持ち場に戻るよう命じた。

「佐々木どの……」

兵庫は、奥御殿に戻る佐々木を呼び止めた。

「何用かな……」

「うむ。鳥の死骸を見付けて悲鳴を上げたのは……」

兵庫は尋ねた。

「お奈美の方さま付きの桔梗《ききょう》と云う名の奥女中だが、死骸を見付けた時、辺りには誰もいなかったそうだ」

佐々木は、兵庫の腹の内を読んだ。

「分かった。忝《かたじけな》い……」

「うむ……」

佐々木は、兵庫を一瞥《いちべつ》して奥御殿に戻って行った。

「帯刀。お奈美の方さま付きの奥女中の桔梗に話を訊いてみよう」

「うむ……」

松木は、配下の目付に奥女中の桔梗を呼ぶように命じた。

燭台の火は奥庭からの微風《そよかぜ》に揺れた。

お奈美の方付きの奥女中の桔梗は、二十歳過ぎの若い女だった。

桔梗は、微かな怯《おび》えを滲ませて松木と兵庫の前に座った。

「お奈美の方さま付きの桔梗だな」

松木は念を押した。

「左様にございます」

桔梗は、松木を恐ろしそうに見詰めた。

「そなたが四阿の軒に吊るされた鳥の死骸を見付けたのだな」

松木は尋ねた。

「はい……」

桔梗は、言葉少なく頷いた。

「その時、四阿の近くに人影はなかったか」

「はい。何方《どなた》もおりませんでした」

桔梗は、松木を見詰めた。

「そうか。して、鳥の死骸を見付けたか……」

「はい。四阿の軒下で何かが揺れていると思い、良く眼を凝《こ》らして見ると、左右の羽根を広げた鳥が逆さに吊るされていると気付き、思わず悲鳴を……」

桔梗は俯《うつむ》いた。

「その時、そなたは何処から見たのかな」

兵庫は訊いた。

「奥庭に面した廊下です」

桔梗は、眼を細めて兵庫を見詰めた。

「奥庭に面した廊下か……」

「はい……」

「廊下から奥庭の四阿迄は、それなりの距離があるが、夕暮れ時に良く死んだ烏だと分かったな」

兵庫は笑い掛けた。

「それは、逆さに吊られた烏が動かなかったので……」

桔梗は告げた。

「成《な》る程《ほど》、逆さに吊られて動かなければ死んでいるか……」

兵庫は、桔梗を見詰めた。

「はい……」

「で、四阿の近くには誰もいなかった」

兵庫は念を押した。

「はい……」

桔梗は、兵庫を見詰めて頷いた。

「そうか、良く分かった。帯刀……」

「うむ。ならば、桔梗。後刻《ごこく》、又《また》訊く事があるかもしれぬが、今日は此で引き取ってくれ」

松木は、笑みを浮かべて告げた。

「はい……」

桔梗は、松木と兵庫に深々と頭を下げて座敷から出て行った。

「どう思う……」

松木は、小さな吐息を洩らし、兵庫に尋ねた。

「嘘《うそ》を吐《つ》いているな」

兵庫は読んだ。

「嘘……」

松木は眉をひそめた。

「うむ。桔梗は眼が悪い……」

兵庫は睨んだ。

「眼が悪い……」

松木は聞き返した。

「うむ。桔梗、時々眼を細めておぬしや俺の顔を見ていた。間違いないだろう」

「そうか……」

「うむ。大禍時の薄暗さの中で四阿の軒先に吊るされた鳥の死骸だ。眼の悪い桔梗に見定められる筈《はず》はない」

兵庫は苦笑した。

「ならば、鳥の死骸、桔梗が吊るしたのか……」

「それとも、誰かに吊るさせた」

「吊るさせたとなると、仲間がいるか……」

「うむ。何れにしろ、桔梗は四阿に吊るされるのが鳥の死骸だと知っていて、見付けた振りをして悲鳴を上げた」

兵庫は読んだ。

「では……」

松木は、緊張を滲ませた。

「殿のお怪我に乗じた藁人形の不気味な祟りと思わせ、上屋敷内を混乱させる魂《こん》胆《たん》なのだろう」

兵庫は眉をひそめた。

「ならば、此度《こたび》の一件、お奈美の方さまが拘《かか》わっているのか……」

松木は、兵庫に尋ねた。

「未だそうとは云い切れぬ。先ずは桔梗を詳しく調べるのだ」

兵庫は慎重だった。

松木は、側室お奈美の方付きの奥女中桔梗の素性などを、配下の目付に探るように命じた。


兵庫が侍長屋の家に戻ると、既に帰っていた新八が表御殿の台所から夕餉を運んでいた。

新八は、夕餉を食べながら兵庫に京之介が密かに抜け出して何をしていたのか報せた。

「そうか。京之介さま、同じ年頃の百姓の寅吉なる者を手伝い、大根や人参を売っていたのか……」

兵庫は驚いた。

「はい。京之介さま、中々《なかなか》の商売上手《じょうず》です」

新八は感心した。

「それにしても、腹を減らした時の握り飯の恩返しとはな」

兵庫は苦笑した。

「手前も驚きました」

新八は頷いた。

「して、お眉の方さまは、京之介さまの行状を知り、何と仰《おつしや》ったのだ」

兵庫は尋ねた。

「明日からは黙って抜け出さず、表門から出掛けなさいと……」

新八は笑みを浮かべた。

「そうか。それは良かった」

兵庫は頷いた。

「はい。ですが……」

新八は、眉を曇らせた。

「どうかしたのか……」

「浅草の地廻りが見ケ〆料《みかじめりよう》を取りに来まして……」

「地廻りが見ケ〆料だと……」

兵庫は眉をひそめた。

「はい。ですが、そこは寅吉の母親が納所の坊さまの許しを得た場所。京之介さまが突《つ》っ撥《ぱ》ね、喧嘩《けんか》になりそうになったので……」

「止めに入ったか……」

「いえ。手前がつい叩きのめし、追い返してしまいました」

新八は、失敗を恥じるように伝えた。

「恨《うら》みを買ったかもしれぬか……」

兵庫は読んだ。

「はい。兵庫さま、暫《しばら》く京之介さまの警護に就いて宜しいでしょうか……」

新八は、地廻りたちの仕返しを恐れていた。

「うむ。新八、京之介さまの警護は勿論《もちろん》だが、寅吉にも危害が及ばぬようにな」

兵庫は命じた。

燭台の火は僅かに揺れた。

翌日、兵庫は表御殿の松木帯刀の用部屋に赴《おもむ》き、新八は向島の水戸藩江戸下屋敷に向かった。

「どうだ、帯刀。奥女中の桔梗について何か分かったか……」

兵庫は、帯刀に尋ねた。

「うむ。今の処、分かった事は、桔梗は室町《むろまち》の呉服屋の娘で二十歳だ。二年前にお奈美の方さま付きの奥女中になり、お奈美の方さまに随分と可愛がられているそうだ」

松木は報せた。

「そうか……」

「ま、素性に不審な処《ところ》はないようだ」

「そうだな。して、帯刀。お奈美の方さまとはどのようなお方なのだ」

兵庫は、今迄お奈美の方との接触は殆《ほとん》どなかった。

「うむ。俺の知っている限りでは……」

松木は、話し始めた。

お奈美の方は二十四歳であり、五年前に斉脩の側室になっていた。そして、江戸老職の望月兵部《もちづきひょうぶ》の養女であり、穏やかで利発な人柄と云われていた。

「若くて穏やか、利発なお方か……」

兵庫は知った。

「うむ。お子が出来ないのが、玉《たま》に瑕《きず》のようだな」

松木は、お奈美の方に同情した。

「そうか。して、殿のお渡りは……」

「近頃は余りないそうだ」

「お渡りは余りないか……」

兵庫は眉をひそめた。

桔梗は、殿のお渡りの少なくなったお奈美の方に同情し、斉脩を恨み、いろいろ仕掛けているのかもしれない。

兵庫は読んだ。

だが、鳥の死骸の調達は、奥女中の桔梗には難しい事だ。

鳥の死骸を調達し、奥庭の四阿の軒に吊るした者が他にいる。

兵庫は睨んだ。

奥御殿にいる奥女中の桔梗と接触出来る者は多くはない。

兵庫は、思いを巡らせた。

お庭の者……。

兵庫は、奥庭の掃除や木々の手入れが役目の小者に眼を付けた。

奥庭のお庭の者なら、奥御殿にいる奥女中の桔梗とも接触する機会はある。そして、鳥の死骸も庭掃除の道具や塵《ちり》に隠して持ち込む事が出来る。

よし……。

兵庫は、表御殿脇の作事小屋に向かった。


未の刻八つ。

京之介は、新八と水戸藩江戸下屋敷を出て浅草寺に向かった。

「京之介さま。では、寅吉は京之介さまが水戸徳川家の若様だと知らないんですね」

新八は、隅田川に架かっている吾妻橋を渡りながら訊いた。

「うん。俺、寅吉とおっ母ちゃんに名前は黒木虎松だと云った」

「黒木虎松ですか……」

「うん。水戸藩家来の黒木家の子だと……」

「で、虎松と寅吉ですか……」

「うん。字は違うが虎と寅だ……」

京之介は、楽しげに告げた。

新八は、京之介が幼名を名乗った理由に気が付いた。

「友達になりたかったのですか……」

新八は訊いた。

「うん。寅吉、名前も似ているし、おっ母ちゃんと二人暮らしだし……」

京之介は頷いた。

「そうでしたか……」

「うん。寅吉は俺の初めての友達だよ」

京之介は、声を弾ませた。

新八は、京之介の周りに同じ年頃の者がおらず、大人ばかりなのに気が付いた。

京之介は、同じ年頃の友が欲しかったのだ。

新八は哀れんだ。

京之介は、吾妻橋を渡って浅草広小路の賑わいを雷門に進んだ。

新八は続いた。

「昨日の奥庭の庭番ですか……」

庭番頭は、戸惑いを浮かべた。

「うむ。誰だったかな」

兵庫は尋ねた。

「喜作《きさく》と申す庭番ですが……」

「喜作か……」

「はい。鳥の死骸の事なら、昨日、喜作は御目付に訊かれ、奥庭の掃除と植木の手入れをした時には何もなかったので、何も知らないと云っていましたが……」

庭番頭は告げた。

「そうか。して今、その喜作はいるか」

「それが、今日は非番でして、用があるとかで出掛けております」

庭番頭は、申し訳なさそうに告げた。

「そうか、出掛けているのか……」

「はい……」

「処で喜作、親しくしている奥女中はいなかったかな」

兵庫は、庭番頭に笑い掛けた。

寅吉と京之介は、浅草寺の東門を出た処に筵を敷いて野菜を売っていた。

客は、近所の者や宿坊《しゆくぼう》の修行僧の他に参拝帰りの者もいた。

寅吉の店は、それなりに繁盛《はんじよう》していた。

新八は、東門の陰から見守った。

痛め付けた地廻りやその仲間らしき者は、未だ現れてはいなかった。

京之介と寅吉は、武士と百姓の身分を越え、同じ歳の友として言葉を交わし、楽しげに笑っていた。

下屋敷内では見せない笑顔だ……。

新八は、京之介の笑顔に釣られて笑った。

下男風の中年男がやって来た。

「あっ、小父《おじ》さん……」

寅吉は迎えた。

「おう、寅吉。変わりはないかい」

下男風の中年男は、寅吉に親しげに笑い掛けた。

何処かで見た顔だ……。

新八は、下男風の中年男に見覚えがあった。

だが、何処で見たかは思い出せなかった。

新八は、東門の陰から見守った。

「うん……」

「お武家の友達か……」

下男風の中年男は、寅吉の隣にいる京之介を一瞥した。

「うん。虎松って云うんだ」

「へえ。寅吉に虎松か……」

下男風の中年男は苦笑した。

「うん……」

「そうか。ま、仲良くするんだな。それでな寅吉、明後日迄に狐《きつね》か狸《たぬき》を頼む」

下男風の中年男は、寅吉に笑い掛けた。

「明後日迄に狐か狸……」

寅吉は眉をひそめた。

「ああ。お代は弾むぜ」

「うん、分かった。探してみるよ」

寅吉は引き受けた。

「よし。頼んだぜ」

下男風の中年男は、寅吉に笑い掛けて立ち去った。

新八は見送った。

「寅吉、明後日迄に狐か狸を捕まえるのか……」

京之介は尋ねた。

「う、うん……」

「大丈夫か……」

「ま、何とかなるだろう」

寅吉は、明るく云い放った。

「そうだな。寅吉だもんな」

京之介は笑った。

新八は見守った。


兵庫は、奥御殿の様子を見守った。

お奈美の方付きの奥女中の桔梗は、何事も手際良く熟《こな》し、忙しく働いていた。

兵庫は、桔梗に拘《かか》わる噂や評判を集めた。

お奈美の方は桔梗を可愛がり、桔梗はお奈美の方を慕《した》っていた。

お奈美の方の為なら何でもするし、忠義を尽くす……。

そして、朋輩《ほうばい》や年上の奥女中とも仲が良い。

それが、奥女中の桔梗の評判だった。

桔梗は、斉脩がお奈美の方の許に訪れなくなったのを恨み、丑の時参りの藁人形や鳥の死骸を使って嫌がらせをしているのかもしれない。

兵庫は読んだ。

四

申の刻七つ。

寅吉は店仕舞《みせじま》いをし、売れ残った野菜と筵を竹籠に入れ、東門前の通りを山谷堀に帰って行った。

京之介は見送った。

寅吉は、振り返っては手を振り、帰って行った。

「寅吉、家に帰っておっ母ちゃんの世話をして、狐や狸を捕まえに行くんですかね」

新八が、京之介の背後に現れた。

「きっとね。でも、狐や狸、容易に捕まえられるのかな」

京之介は首を捻《ひね》った。

「いえ。中々《なかなか》容易な事では捕まえられませんよ」

新八は眉をひそめた。

「なのに寅吉、引き受けて、大丈夫かな」

京之介は心配した。

「ええ……」

「寅吉、おっ母ちゃんの薬代が欲しいものだから、無理しているのかな」

京之介は読んだ。

「京之介さま……」

新八は、浅草広小路の方から来る地廻りたちを示した。

「地廻りか……」

京之介は、派手な半纏《はんてん》を着た四人の地廻りがやって来るのに気が付いた。

「ええ。四人か。京之介さまは浅草寺の境内から下屋敷に……」

新八は、緊張を滲ませて後ろ腰に差していた中間木刀を握り締め、京之介に声を掛けた。

「いや。俺も頑張る……」

京之介は、緊張に頬《ほお》を引《ひ》き攣《つ》らせて云い放った。

「京之介さま……」

新八は苦笑した。

「今日もいやがったか……」

地廻りたちは、新八と京之介を取り囲んだ。

「何か用か……」

新八は、地廻りたちと対峙した。

「手前、浅草の観音一家《かんのんいっか》を嘗《な》めてんのか……」

地廻りの一人が熱《いき》り立《た》った。

「黙れ、下郎《げろう》。悪いのはお前らの方だ」

京之介は、怒鳴り付けた。

「何だと、此の餓鬼《がき》……」

地廻りの一人が、京之介に摑み掛かった。

刹那、京之介が脇差を抜き打ちに放った。

閃光が走った。

摑み掛かろうとした地廻りの両腕が斬られ、血が飛んだ。

地廻りは、斬られた両腕から吹き出す血を見て驚き、悲鳴を上げて倒れた。

地廻りたちは怯んだ。

新八は、中間木刀を抜いて怯んだ地廻りたちの中に飛び込んだ。そして、三人の地廻りの向《む》こう脛《ずね》を次々に打ち払った。

向こう脛を打ち払われた地廻りたちは、激痛に倒れて藻搔《もが》いた。

「さあ、此迄《これまで》です……」

新八は、京之介を促した。

「心得た」

京之介は、浅草広小路に向かって走った。

新八が続いた。

「友か……」

兵庫は微笑んだ。

「はい。京之介さまにとって寅吉は、初めて出来た同じ年頃の友なのです」

新八は告げた。

「うむ。我ら大人だけを相手に暮らして来た京之介さまだ。同じ年頃の友を欲しがるのも無理はない」

兵庫は、京之介の気持ちが良く分かった。

「手前もそう思います」

新八は頷いた。

「して、地廻りが仕返しに来たか……」

兵庫は眉をひそめた。

「はい。で、京之介さまが摑み掛かろうとした地廻りの腕を斬り、手前が怯んだ地廻り共の向こう脛を打ち据えて動きを封じて逃げて来ました」

新八は報せた。

「うむ。それで良い」

兵庫は頷いた。

「ですが、京之介さまに人を斬らせてしまいました」

新八は悔《く》やんだ。

「うむ。だが、京之介さまも武士である限り、いつかは通らねばならぬ道。我が身を護る為にした事だ。新八が悔やむ事ではない」

兵庫は、新八に云い聞かせた。

「はい……」

新八は頷いた。

「して、新八。寅吉の許に見覚えのある顔の中年男が現れ、明後日迄に狐か狸を探してくれと頼んだのだな」

「はい。お代は弾むと云って……」

「して、寅吉はどうした」

「母親の薬代が欲しさに引き受けました」

「そうか。狐か狸か……」

「ええ。それにしても、あの中年男、何処かで見掛けた顔でして……」

「何処かで見掛けた顔か……」

「はい。何処でしたか……」

新八は首を捻った。

「ならば新八。近頃、行った屋敷は……」

「向島の下屋敷が主《おも》ですか……」

「その者、京之介さまを見ても何も云わなかったのだな」

「はい……」

「ならば、下屋敷の者ではないな……」

兵庫は読んだ。

「はい。となると、此の上屋敷で見掛けた者ですかね」

新八は眉をひそめた。

「その中年男、名は何と申す」

「さあ、そこ迄は……」

「分からぬか……」

「はい」

「ならば、明日にでも上屋敷の者の顔を見て歩くのだな」

兵庫は苦笑した。

下男風の中年男……。

翌日、新八は上屋敷内の中間小者の顔を見て歩いた。

表門や裏門、台所や作事小屋……。

大名屋敷に中間小者は大勢いる。
新八は、上屋敷にいる中間小者の中に、寅吉に狐か狸を捕まえるように頼んだ下男風の中年男を捜し歩いた。

兵庫は、お奈美の方付きの奥女中の桔梗をそれとなく見張った。
お奈美の方の身の廻りの世話やお使いに雑用など、桔梗は忙しく働いていた。
今の処、不審はない……。
兵庫は見守った。
昼が過ぎた。
桔梗は、お奈美の方の昼餉の世話を終えて奥庭に向かった。
兵庫は尾行《つけ》た。

残るは奥庭の掃除や植木の手入れをする庭番の下男……。
新八は、奥庭の近くにある作事小屋に詰めている庭番の下男を窺った。
いた……。
寅吉に狐か狸を捕まえるように頼んだ下男風の中年男は、水戸藩江戸上屋敷の奥庭の近くの作事小屋にいた。

あいつだ……。

新八は、下男風の中年男の名を調べた。

喜作……。

下男風の中年男は、喜作と云う名の上屋敷庭番の下男だった。

新八は、喜作を見張った。

喜作は、庭掃除の道具を竹籠に入れて奥庭に向かった。

新八は追った。


庭番の喜作は、奥庭の掃除をして植木の手入れをした。

新八は見張った。

若い奥女中が現れ、辺りに人がいないのを見定め、植木の手入れをしている喜作に近付いた。

誰だ……。

新八は戸惑った。

若い奥女中は、喜作に話し掛けた。

新八は見守った。

「庭番は喜作か……」

兵庫が、新八に話し掛けながら隣に現れた。

「はい……」

新八は頷いた。

「して、喜作が寅吉に狐か狸を捕まえるように頼んだ下男風の中年男なのか……」

兵庫は眉をひそめた。

「はい。間違いありません」

新八は頷いた。

「そうか……」

「兵庫さま、あの奥女中は……」

「側室お奈美の方さま付きの桔梗だ」

「桔梗ですか……」

「うむ……」

桔梗は、喜作と何事かを話し終えて足早に奥御殿に戻って行った。

喜作は、植木の手入れを続けた。

「よし、新八。下屋敷に行くぞ」

兵庫は、小さな笑みを浮かべた。

水戸藩江戸下屋敷は、上屋敷と違って明るい陽差しに溢《あふ》れ、穏やかさに満ちていた。

兵庫は、お眉の方と京之介の許に伺候《しこう》した。

「それで、兵庫どの。殿はお転びになり、お手を怪我されたと聞きましたが……」

お眉の方は心配した。

「はい。それ故、奥御殿で養生《ようじよう》されております」

兵庫は告げた。

お眉の方は眉をひそめた。

「兵庫どの。過日、釘を打たれた殿の名を書いた藁人形が見つかったとか……」

「はい。何者が上屋敷に投げ込んだのか、只今、目付の松木帯刀たちが探索を急いでおります」

兵庫は報せた。

「そうですか……」

お眉の方は頷いた。

「おのれ、何者の仕業か……」

京之介は、怒りを過《よぎ》らせた。

「それで、京之介さま。野菜売りの寅吉に訊いて戴きたい事がありましてな」

兵庫は笑い掛けた。

「寅吉に……」

京之介は驚いた。

「はい……」

兵庫は頷いた。

「兵庫。まさか寅吉、丑の時参りに拘《かか》わりがあるのですか……」

京之介は眉をひそめた。

「ひょっとしたら……」

兵庫は頷いた。

「拘わりがあるのか……」

京之介は緊張した。

「それを見定める為、寅吉に訊いて戴きたいのです」

「寅吉が丑の時参りに拘わりがあるなんて……」

京之介は困惑した。

「京之介さま。決して悪いようには致しません。御安心を……」

兵庫は笑った。

「京之介どの……」

お眉の方は、京之介を見守った。

「分かった。寅吉に何を訊けば良いのですか……」

京之介は頷いた。

「寅吉に狐か狸を捕まえてくれと頼んだ中年男、喜作と申す者かどうかを……」

「喜作……」

「はい。その喜作に以前、鳥を捕まえてくれと頼まれた事はないかと……」

「鳥……」

京之介は眉をひそめた。

「はい。鳥です」

兵庫は頷いた。

浅草寺境内は、参拝客で賑わっていた。

京之介と兵庫は、参拝を終えて東門に向かった。

新八が、東門からやって来た。

「京之介さま、寅吉、商売をしています」

「うん……」

京之介は、緊張した面持ちで頷いた。

「では、京之介さま。私と新八は東門にいます」

兵庫は告げた。

「分かった。じゃあ……」

京之介は頷き、東門の外に向かった。


「寅吉……」

京之介は、東門を潜って野菜を売っている寅吉に駆け寄った。

「やあ、虎松。今日も手伝いに来てくれたのか……」

寅吉は、笑顔で迎えた。

「うん。友達だからな……」

京之介は、寅吉の隣に座った。

兵庫と新八は、東門の陰から京之介と寅吉を見守った。

京之介と寅吉は、何事かを楽しげに話しながら訪れる客の相手をした。

「そうだ、寅吉。狐か狸は捕まえたのか……」

京之介は尋ねた。

「未だだよ」

「約束は明日だ。大丈夫なのか……」

京之介は心配した。

「ああ。どうにかなるさ」

寅吉は笑った。

「だったら良いけど。寅吉、あの人、何て名前だ」

「確か、喜作さんだったかな」

「喜作さんか……」

兵庫の父上が云っていた奴だ……。

京之介は知った。

「うん」

「前にも何か頼まれた事があるのか」

「うん、前に烏を探したよ」

「烏……」

「うん。烏と云っても死骸だよ」

「烏の死骸……」

京之介は眉をひそめた。

「うん、烏の死骸。前に見付けて一朱で買って貰った」

「一朱で……」

「うん。今度は狐か狸の死骸。探しているんだけど、中々見つからないよ」

寅吉は苦笑した。

「そうか。探しているのは、狐か狸の死骸なのか……」

「うん。喜作さん、死骸をどうするのか知らないけど、一朱で買ってくれる。一朱あればおっ母ちゃんに唐人参《からにんじん》入りの薬を買ってあげられるんだ」

寅吉は告げた。

一朱は十六分の一両であり、寅吉にとっては大金だった。

「唐人参入りの薬か……」

「うん。今日はそろそろ店を閉めて探しに行かなくっちゃあ」

「そうか。狐か狸の死骸か……」

寅吉は、かつて喜作に頼まれて烏の死骸を探し、一朱で売っていた。

京之介は聞き出した。


半刻が過ぎた。

寅吉は、店仕舞いをして京之介と別れ、狐か狸の死骸を探しに行った。

京之介は見送った。

「御苦労さまでした」

兵庫と新八が、京之介の許にやって来た。

「うん。寅吉、喜作って人に烏の死骸を探すように頼まれて見付け、一朱で売ったって……」

京之介は報せた。

「そうですか……」

兵庫は頷いた。

「兵庫さま……」

新八は眉をひそめた。

「うむ……」

「兵庫の父上、寅吉、何か悪い事をしているの……」

京之介は心配した。

「いいえ。寅吉は悪い事はしていませんよ」

兵庫は微笑んだ。

「良かった」

京之介は、安堵を浮かべて喜んだ。

燭台の明かりは瞬《またた》いた。

「そうか。鳥の死骸は、お奈美の方さま付きの奥女中の桔梗と奥庭番の下男の喜作の仕業だったか……」

目付頭の松木帯刀は、兵庫の報せを受けて眉をひそめた。

「うむ。烏の死骸を用意し、奥庭の四阿の軒先に吊るしたのは喜作に間違いあるまい」

兵庫は告げた。

「そして桔梗が悲鳴を上げて、殿が丑の時参りの呪いを掛けられていると騒ぎ立てたか……」

松木は読んだ。

「うむ……」

「おのれ……」

松木は、怒りを滲ませた。

「帯刀。おそらく桔梗は、お奈美の方さまの許へ殿のお渡りが少なくなったのを恨んでの所業だろうが、分からないのは喜作だ」

「喜作……」

「うむ。桔梗に金でも貰ってやったのか、それとも他に理由があるのか……」

兵庫は眉をひそめた。

「兵庫。そいつは喜作を捕らえ、責めて吐かせるしかあるまい」

松木は、厳しい面持ちで告げた。

目付頭の松木帯刀は、配下に命じて奥庭番の喜作と奥女中の桔梗を捕らえさせた。

桔梗は、兵庫の睨み通り、殿の斉脩がお奈美の方の許に来なくなったのを恨んで呪ったと自白した。

「お奈美の方さまは御存知ない事です。私が勝手に喜作さんに頼んでやった事なんです」

桔梗は罪を認め、お奈美の方は拘わりないと云って泣き崩れた。

残るは奥庭番の喜作……。

松木は、喜作を詮議場《せんぎじょう》に引き立てた。

「金欲しさか、殿を恨んでの仕業か、その他に理由があるのか……」

松木は眉をひそめた。

「うむ。その辺りを見定めるのだな」

兵庫は頷いた。

「うむ……」

「松木さま……」

配下の目付が、血相を変えて駆け付けて来た。

「どうした」

「喜作が、喜作が舌を噛み切りました」

配下の目付は、息を鳴らして報せた。

「何だと……」

松木と兵庫は、詮議場に走った。


薄暗く血の臭いが漂う詮議場には、口元を血に汚した喜作が横たえられ、藩医の半井青洲が容態《ようだい》を診ていた。

目付たちは、固い面持ちで周囲に佇んでいた。

松木と兵庫が駆け込んで来た。

「どうです」

松木は、藩医の半井に尋ねた。

「手遅れだ……」

半井は、眉をひそめて首を横に振った。

「喜作、しっかりしろ喜作……」

松木は、喜作を揺り動かした。

喜作は、微かに呻《うめ》いた。

「喜作、誰かに頼まれて桔梗の恨みを利用したのか……」

兵庫は訊いた。

喜作は、引き攣ったような笑みを浮かべた。

「喜作……」

兵庫は緊張した。

喜作は絶命した。

半井は、喜作の死を見定めて溜息《ためいき》を吐《つ》いた。

兵庫は手を合わせ、喜作の上半身の着物を脱がせた。

喜作の身体は鍛《きた》えられており、古い刀傷が幾つかあった。

「兵庫……」

松木は眼を瞠《みは》った。

「うむ。喜作、只《ただ》の下男ではないようだ」

兵庫は見定めた。

「うむ。おそらく武士だな」

松木は、死んだ喜作を見据えた。

喜作は、桔梗に頼まれて小細工をしただけなのか……。

それとも、他に狙いがあって桔梗の恨みを利用したのか……。

兵庫と松木は、桔梗に問い質した。

「喜作の小父さんは、私の頼みを聞いてくれただけです」

桔梗は、喜作の素性も背後に潜む者がいるかどうかも知らなかった。

「どう見る……」

「桔梗はお奈美の方さまを一途《いちず》に思っているだけだ。嘘偽《いつわ》りはあるまい」

兵庫は読んだ。

「うむ。ならば此の一件……」

松木は眉をひそめた。

「喜作が自害した今、丑の時参りの真相は闇の彼方《かなた》に落ちたようだ」

兵庫は冷笑した。

目付頭の松木帯刀は、お奈美の方に桔梗に暇《ひま》を取らせるように勧めた。

それが、桔梗の命を救う唯一の手立てだった。

お奈美の方は、松木の勧めを受け入れ、桔梗に宿下《やどさ》がりをさせた。

殿さま斉脩に対する丑の時参りは、満願の日を迎えても叶わなかった。

斉脩の手首の怪我は次第に治り、水戸藩江戸上屋敷は明るさと穏やかさを取り戻し始めていた。


寅吉は、狐や狸の死骸を見付けられなかった。

だが、買い取ってくれる筈の喜作も現れなかった。

寅吉は内心安堵し、地道に野菜売りを続ける事にした。

おっ母ちゃんの病も少しずつ良くなっているし……。

第三話　伊賀の朧

一

丑の時参りの騒ぎが終わり、半月が経《た》った。

兵庫は、江戸上屋敷で御刀番頭として刀剣の手入れと管理をし、御三家水戸家の藩主の格式に適《かな》う斉脩のその日の佩刀《はいとう》を用意していた。そして、十日に一度、江戸下屋敷に京之介とお眉の方の御機嫌伺いに伺候《しこう》していた。

その日、兵庫は御刀蔵の傍の用部屋で無銘《むめい》刀を検《あらた》めていた。

茎《なかご》に刀匠《とうしょう》の名は刻まれていないが、井上真改《いのうえしんかい》と思われる姿をしていた。

兵庫は、おそらく井上真改の流れを汲《く》む刀匠の作と読んだ。

斬れ味はどうなのか……。

水戸徳川家代々の御刀番の黒木家は、一子相伝の無双流を遣《つか》って介錯人《かいしゃくにん》も務め、刀の試し斬りもしていた。

井上真改と思われる無銘の刀も、何《いず》れは試し斬りをしなければならない……。

兵庫は、鈍色《にびいろ》に輝く刀身《とうしん》を見詰めた。

「黒木さま……」

配下の御刀番、香川左馬助《かがわさまのすけ》が戸口にやって来た。

「何だ……」

「御目付頭の松木さまがお見えにございます」

「帯刀が……」

「はい……」

「お通り戴《いただ》け」

「はっ」

「それから左馬助、茶を頼む」

「心得ました」

兵庫は、無銘刀を白鞘《しらさや》に納めて御刀蔵に戻した。

「兵庫……」

江戸目付頭の松木帯刀が、緊張した面持《おもも》ちで用部屋に入って来た。

「どうした……」

「うむ。昨夜遅く、配下の目付岸田文蔵《きしだぶんぞう》が何者かに襲われ、脇腹を斬られて死んだ」

松木は、厳しい面持ちで告げた。

「岸田文蔵が……」

兵庫は驚いた。

「うむ。岸田は昨日、非番でな。昨夜、友と酒を飲んだ帰り、昌平橋の袂《たもと》でな」

「岸田がな……」

目付の岸田文蔵は、免許皆伝《めんきょかいでん》ではないが神道無念流を長年修行しており、それなりの遣い手だ。

その岸田文蔵が、脇腹を斬られて殺された。

斬った者はかなりの遣い手……。

「して、どのような者なのだ。斬ったのは……」

「近くにいた夜廻りの木戸番が駆け付け時、頭巾《ずきん》を被《かぶ》った武士が立ち去って行き、白粉《おしろい》の匂いが漂《ただよ》っていたそうだ」

「白粉の匂いのする頭巾を被った武士……」

兵庫は眉をひそめた。

「うむ。ひょっとしたら女かもしれぬ」

松木は読んだ。

「女。だが、女に不覚を取るような岸田文蔵でもあるまい……」

兵庫は告げた。

「ならば、木戸番の思い違いかな」

「いや。化粧をする男か、武士の形《なり》をした女か……」

兵庫は読んだ。

「成《な》る程《ほど》……」

松木は頷《うなず》いた。

「そして、岸田文蔵は水戸藩家中の目付だから斬られたのか、それとも私的に何らかの恨《うら》みを買って殺されたのか……」

兵庫は、厳しい面持ちで告げた。

「そいつは未だ分からぬ」

「分からぬのなら、配下の目付たちに充分に気を付けるように云うのだな」

兵庫は心配した。

「うむ……」

松木は頷いた。

「それにしても、白粉の匂いのする頭巾を被った武士とはな……」

兵庫は、思いを巡《めぐ》らせた。

岸田文蔵は、水戸藩江戸目付として斬られたのか、それとも何らかの恨みを買って殺されたのか……。

目付頭の松木帯刀は、その辺りの処《ところ》を急いで突き止める事にした。

京之介とお眉の方の許《もと》に御機嫌伺いに行く日になった。

兵庫は、御刀番頭としてのその日の役目を終え、新八と向島の江戸下屋敷に向かった。

京之介とお眉の方は、兵庫と新八の伺候を喜んだ。

京之介は、新八を相手に庭先で剣術の稽古をした。

兵庫は見守った。

新八と木刀で打ち合う京之介は、僅《わず》かだが剣術の腕を上げていた。

稽古を終えた京之介は、額の汗を拭いながら兵庫の感想を待った。

「京之介さま、確かに技は上達しております」

兵庫は微笑んだ。

「真《まこと》ですか……」

京之介は、嬉しげに顔を輝かせた。

「はい。技も大事ですが、斬り合いは最後の一太刀で決まります」

「最後の一太刀……」

京之介は眉をひそめた。

「はい。己にとっての最後の一太刀。それを会得《えとく》されるのですね」

兵庫は教えた。

「分かった。俺に取っての最後の一太刀。必ず会得します」

京之介は、楽しそうに頷いた。

「うむ。だが、京之介さまは未だお若い。決して焦《あせ》る必要はありませんよ」

兵庫は微笑んだ。

水戸藩江戸上屋敷は、夜の闇と静寂に覆《おお》われていた。

「うん……」

表門の宿直《とのい》の番士は、鼻を鳴らした。

「どうしました」

門番は尋ねた。

「白粉の匂いがしないか……」

番士は眉をひそめた。

「白粉の匂いですか……」

門番は、鼻を鳴らした。

「あっ、本当ですね」

門番は、白粉の匂いを嗅ぎ、潜り戸の横の覗《のぞ》き窓《まど》を開けた。

覗き窓の外は表門の前であり、頭巾を被った小柄な武士が佇《たたず》んでいた。

「小泉《こいずみ》さま……」

門番は、番士に表門を示した。

小泉と呼ばれた番士は、覗き窓を覗いた。

頭巾を被った小柄な武士が、覗き窓を一瞥《いちべつ》して踵《きびす》を返した。

白粉の匂いが漂った。

「ま、待て……」

番士の小泉は、潜り戸を開けて頭巾を被った小柄な武士を追った。

「小泉さま……」

門番は、潜り戸の傍で見守った。

「おい。待て……」

番士の小泉は、頭巾を被った小柄な武士に追い縋《すが》った。

頭巾を被った小柄な武士が振り返った。

刹那《せつな》、煌《きら》めきが走った。

門番は、思わず眼を瞠《みは》った。

頭巾を被った小柄な武士は、番士の小泉を残して闇に向かって歩き出した。

番士の小泉は、崩れるように倒れた。

「こ、小泉さま……」

門番は驚き、倒れた小泉に駆け寄った。

白粉の匂いが漂っていた。

頭巾を被った小柄な武士は、白粉の匂いを残して夜の闇に消え去っていた。

門番は見定め、恐る恐る倒れている小泉を窺《うかが》った。

「小泉さま……」

小泉の顔を窺った門番は、思わず仰《の》け反《ぞ》り腰を抜かした。

番士の小泉は、首から血を流して死んでいた。


水戸藩江戸上屋敷の表門内には幾つかの篝火《かがりび》が焚《た》かれ、宿直の番士たちが警戒を厳しくしていた。

番士の小泉の死体は、門番所に運ばれて松木帯刀たち目付に検められていた。

兵庫が、新八を従えてやって来た。

「帯刀……」

「おお、兵庫、見てくれ」

「うむ……」

兵庫は、番士の小泉の死体を検めた。

番士の小泉は、首の血脈を刎《は》ね斬《き》られて死んでいた。

「他に斬られた傷は……」

「ない。首の血脈を一太刀。それだけだ」

「かなりの遣い手だな」

兵庫は睨《にら》んだ。

「うむ。見ていた門番の話では、白粉の匂いがしたので表門前を見ると、頭巾を被った小柄な武士がおり、番士の小泉が呼び止め、近付いた処を斬られたようだ」

松木は、片隅で目付たちの尋問を受けている門番を示した。

「白粉の匂いか……」

兵庫は眉をひそめた。

「うむ。どうやら目付の岸田文蔵を斬った者のようだ」

松木は睨んだ。

「うむ。そして、番士の小泉が斬られたとなると、頭巾を被った小柄な武士は、水戸藩の家臣を狙っているか……」

兵庫は読んだ。

「おそらくな。で、直《す》ぐに配下の者共を放って頭巾を被った小柄な武士を探させたのだが、今の処、足取りは摑《つか》めていない」

松木は、腹立たしげに告げた。

「そうか。何れにしろ、水戸藩の者を狙っての所業《しょぎょう》。護《まも》りを固め、家中の者共に呉々《くれぐれ》も油断するなとな……」

兵庫は眉をひそめた。

水戸藩の者を殺す狙いは何か……。

白粉の匂いを漂わせる頭巾を被った小柄な武士は、何者なのか……。

兵庫は、思いを巡らせた。


白粉の匂いを漂わせる頭巾を被った小柄な武士……。

首の血脈を一太刀で刎ね斬る腕前……。

「頭巾を被った小柄な武士、女ですかね……」

新八は読んだ。

「女……」

兵庫は訊き返した。

「ええ。白粉の匂いがしますし……」

新八は頷いた。

「だが、女が首の血脈を一太刀で斬れるかな」

「ひょっとしたら忍び、殺しに慣れたくノ一《いち》かもしれません」

「新八、くノ一なら白粉の匂いなどさせぬ筈だ」

兵庫は読んだ。

「じゃあ……」

「目眩《めくら》ましかもしれぬ」

兵庫は苦笑した。

「目眩まし……」

新八は眉をひそめた。

「白粉の匂いを漂わせて女を装《よそお》う小柄な男かもな……」

「そうか。小柄な男が女の仕業《しわざ》に見せ掛ける為に、白粉の匂いを漂わせていますか……」

新八は、声を弾ませた。

「かもしれぬ。それ故、男か女か決めるのは未だ早いだろう」

兵庫は告げた。

「はい」

新八は頷いた。

「だが新八。此の一件、お前が睨んだように忍びが絡《から》んでいるかもしれぬ」

兵庫は、厳しさを滲《にじ》ませた。

「忍びが……」

「うむ……」

「忍びと云えば、近頃、兵庫さまが斃《たお》したのは伊賀の平蔵ですか……」

新八は告げた。

「それに庭番の小者の喜作……」

「喜作も……」

「伊賀の平蔵に拘《かか》わりがあるかどうか分からぬが、おそらく元は忍びだ」

兵庫は睨んだ。

「じゃあ……」

「うむ。伊賀の平蔵の配下が水戸藩を恨んでの仕業かもしれぬ」

兵庫は読んだ。

「兵庫さま……」

「もしそうなら、斬り棄てる迄……」

兵庫は、不適な笑みを浮かべた。

松木たち目付の探索に、頭巾を被った小柄な武士の足取りは浮かばなかった。

「夜更けに白粉の匂いを漂わせた頭巾を被った小柄な武士だ。擦《す》れ違《ちが》えば、忘れる事などない筈なのだが……」

松木は苛立《いらだ》った。

「夜廻りの木戸番、夜鳴蕎麦屋《よなきそばや》、按摩《あんま》、夜更《よふ》けの町で仕事をする者に尋ねても駄目か……」

兵庫は眉をひそめた。

「うむ。こうなると、家中の者共の夜の外出を禁じ、護りを固めるしかない」

松木は、悔しさを滲ませた。

「うむ。今はそれしかあるまい」

兵庫は頷いた。

水戸藩江戸上屋敷は、緊張感を滲ませて護りに就いた。

水戸藩江戸上屋敷の甍《いらか》は、月明かりに淡く輝いていた。

戌《いぬ》の刻五つ（午後八時）。

東叡山寛永寺の鐘が鳴り響いた。

黒木兵庫が、水戸藩江戸上屋敷表門脇の潜り戸から現れ、辺りを見廻して塗笠を目深に被った。

そして、兵庫は神田川沿いの道を昌平橋に向かった。


神田川に月影は揺れた。

兵庫は、落ち着いた足取りで神田川沿いの道を進んだ。

水戸藩江戸上屋敷の横手の道から新八が現れ、微かに見える兵庫の後ろ姿を追った。

新八は、兵庫との間に人影を探した。

だが、人影はなかった。

追う者はいない……。

新八は見定め、兵庫を追った。

兵庫の進む道筋は、新八と打ち合わせ済みだ。

新八は、姿の見えない兵庫を追った。

兵庫は、神田川に架かっている昌平橋に差し掛かった。
微かに白粉の匂いが漂っていた。
白粉の匂い……。
兵庫は、微かに漂っている白粉の匂いを辿《たど》りながら進んだ。

二

夜廻りの木戸番の打つ拍子木《ひょうしぎ》の音は、夜空に甲高《かんだか》く響いた。
兵庫は、昌平橋を渡って神田八ツ小路に出た。
神田八ツ小路は暗く、行き交う者はいなかった。
兵庫は、漂う微かな白粉の匂いに誘《いざな》われるように神田川沿いの柳原通りに進んだ。

柳原通りの柳並木は月明かりを浴び、夜風に緑の枝葉を揺らしていた。
兵庫は、人気《ひとけ》のない柳原通りを東へ、両国広小路に向かった。
漂う白粉の匂いが強くなった。
そのまま進むと柳森稲荷《やなぎもりいなり》がある。

兵庫は、白粉の匂いに誘われて柳森稲荷に進んだ。
柳森稲荷が見えた。
兵庫は、漂う白粉の匂いに殺気を感じた。
仕掛けて来る……。
兵庫は、小さな笑みを浮かべて柳森稲荷に近付いた。
刹那、刃風《はかぜ》が兵庫を鋭く襲った。
忍び……。
兵庫は、咄嗟《とっさ》に躱《かわ》し、柳森稲荷の前の空き地に跳《と》んだ。
柳森稲荷の鳥居《とりい》の傍には、頭巾を被った小柄な武士が佇んでいた。
「白粉の匂いで誘《おび》き寄《よ》せられたか……」
兵庫は苦笑した。
次の瞬間、忍びの者が闇から現れ、忍《しの》び刀《がたな》を構えて兵庫に跳び掛かった。
兵庫は、胴田貫を横薙《よこな》ぎに抜き払った。
甲高い金属音が響き、火花が飛び散り、焦げ臭さが漂った。
忍びの者は、忍び刀を弾かれ、頭巾を被った小柄な武士の許に跳んだ。

「やはり忍びか……」

兵庫は、頭巾を被った小柄な武士と忍びの者を見据えた。

忍びの者と頭巾を被った小柄な武士は、兵庫に対峙《たいじ》した。

白粉の匂いが漂った。


新八が、柳森稲荷のある空き地の入口に現れた。そして、対峙する兵庫と頭巾を被った小柄な武士と忍びの者に気が付き、緊張に喉《のど》を鳴らした。


「水戸藩に何の遺恨《いこん》があっての所業だ……」

兵庫は訊いた。

頭巾を被った小柄な武士は身構え、忍びの者は兵庫に向かって跳んだ。

兵庫は、胴田貫を閃《ひらめ》かせた。

忍びの者は身軽に跳び廻り、胴田貫の閃きを躱して忍び刀を唸《うな》らせた。

兵庫は、鋭く斬り結んだ。

頭巾を被った小柄な武士は、斬り結ぶ兵庫と忍びの者を残して柳森稲荷を出た。

新八は闇に隠れ、通り過ぎて行く頭巾を被った小柄な武士を見送った。

白粉の匂いが、新八の鼻を衝《つ》いた。

頭巾を被った小柄な武士は、神田八ツ小路に向かって足早に進んだ。

新八は尾行《つけ》た。

頭巾を被った小柄な武士は、暗い神田八ツ小路を神田川に架かっている昌平橋に急いだ。

姿は見えなくても、白粉の匂いを辿れば良い……。

新八は、充分な距離を取って尾行た。


柳森稲荷前の空き地では、兵庫と忍びの者が斬り結んでいた。

兵庫は、頭巾を被った小柄な武士が立ち去るのに気付いたが、行き先を新八に見届けさせ、忍びを捕らえる事を優先した。

よし……。

兵庫は、忍びの者に浅手《あさで》を負わせて捕らえると決め、鋭く迫った。

刹那、忍びの者が炸裂弾《さくれつだん》を投げた。

兵庫は、咄嗟に木立の陰に伏せた。

炸裂弾は閃光を放ち、草を薙ぎ、無数の砂利《じゃり》や土を飛ばした。

兵庫の隠れた木立に無数の砂利が当たり、音を鳴らして食い込んだ。

爆風は止んだ。

兵庫は、忍びの者が消えたのを見定め、柳森稲荷前の空き地を出た。


兵庫は、柳原通りに出て辺りを窺った。

白粉の匂いが微かにした。

兵庫は、微かな白粉の匂いが八ツ小路の方から漂って来ていると確信した。

よし……。

兵庫は、神田八ツ小路に急いだ。


頭巾を被った小柄な武士は、白粉の匂いを残して神田川に架かる昌平橋を渡り、湯島《ゆしま》の通りに進んだ。

新八は尾行た。

湯島の通りは六丁目で終わり、本郷の通りに続いている。

頭巾を被った小柄な武士は、北《きた》ノ天神真光寺《てんじんしんこうじ》脇の通りに曲がった。
白粉の匂いが漂った。
新八は追った。

頭巾を被った小柄な武士は、白粉の匂いを漂わせながら旗本屋敷街を進んだ。
そして、空き地の傍を抜け、寺の連なりに進んだ。
新八は走り、寺の連なりに来た。
頭巾を被った小柄な武士は、寺の連なりの何処《どこ》にもいなかった。
連なる寺の何処かに入ったのだ……。
新八は焦り、連なる四軒の寺を見廻した。
四軒の寺は、山門を閉じて静寂に覆われていた。
白粉の匂いを頼り、距離を取って追ったのが裏目に出たのか……。
新八は、白粉の匂いを探した。
だが、白粉の匂いは薄れ、四軒の寺に広がって漂っていた。
頭巾を被った小柄な武士がどの寺に入ったのか、見定める事は出来ない。
尾行は失敗した。

新八は、肩を落とした。

兵庫は、消え掛かっている微かな白粉の匂いを辿《たど》って来た。

行く手に北ノ天神真光寺が見えて来た。

微かな白粉の匂いは消えた。

兵庫は立ち止まった。

人影が、北ノ天神真光寺横の道から現れた。

新八だった。

「新八……」

兵庫が行く手に現れた。

「兵庫さま……」

「頭巾を被った小柄な武士は……」

兵庫は尋ねた。

「此の先の空き地の向こうにある四軒の寺のどれかに入ったようですが、見届ける事は出来ませんでした」

新八は項垂《うなだ》れた。

「そうか。今夜はそれで充分だ。後は明日だ。引き上げよう」

兵庫は、笑みを浮かべて頷いた。


兵庫は、新八と共に水戸藩江戸上屋敷に戻った。

「おお、戻ったか……」

松木が、表門の門番所で待っていた。

「睨み通り現れた」

兵庫は苦笑した。

「現れたか……」

松木は、身を乗り出した。

「うむ。上屋敷、やはり見張られている」

「そうか。して……」

「白粉の匂いで、柳森稲荷前の空き地に誘き出された」

兵庫は苦笑した。

「柳森稲荷……」

「うむ。帯刀、柳森稲荷前の空き地には、頭巾を被った小柄な武士と忍びの者が待ち構えていた」

「して……」

「うむ……」

兵庫は、事《こと》の顚末《てんまつ》を松木に報《しら》せた。

「凄腕の忍びか……」

松木は眉をひそめた。

「おそらく伊賀の平蔵と拘わりのある忍びだろう」

兵庫は読んだ。

「ならば、頭巾を被った小柄な武士もか……」

「おそらくな……」

兵庫は頷いた。

本郷の四軒の寺は、水戸藩江戸上屋敷の裏手の北東にあった。

意外な程の近さだ……。

新八は、連なる四軒の寺を眺《なが》めた。

四軒の寺からは、朝のお勤めをする住職《じゅうしょく》たちの経《きょう》が洩《も》れていた。

頭巾を被った小柄な武士は、四軒の寺のどれかに潜んでいる筈だ。

新八は、四軒の寺に白粉の匂いを探した。

だが、四軒の寺の何処にも白粉の匂いはしなかった。

新八は、四軒の寺と住職の評判を調べた。

だが、新八の見る限り、不審な寺や住職はいなかった。

新八は、四軒の寺に出入りしている米屋や油屋などの手代《てだい》に聞き込みを掛けた。

「白粉の匂いですか……」

米屋の手代は眉をひそめた。

「ええ。白粉の匂いのする寺です」

新八は尋ねた。

「どの寺も白粉の匂いなんてしませんよ」

米屋の手代は苦笑した。

「そうだろうな……」

寺は、修行の妨《さまた》げになるとして女人禁制であり、女は住んでいない。偶《たま》にいたとしても生臭《なまぐさ》坊主が密かに囲う妾《めかけ》ぐらいだった。

「ええ……」

「じゃあ、家作《かさく》のある寺はあるのかな」

新八は訊いた。

「家作なら、二軒目の法明寺《ほうみようじ》にありますよ」

「法明寺……」

法明寺には、住職の玄海和尚《げんかいおしよう》と寺男の仙吉《せんきち》が住んでいる。

「ええ。本堂の裏に……」

手代は、二軒目の法明寺を示した。

「その家作には、何方《どなた》が住んでいるか、分かりますか……」

「浪人さんですよ」

「浪人……」

「ええ。片岡市蔵《かたおかいちぞう》って中年の浪人さんですよ」

「片岡市蔵さん……」

「ええ。楊枝《ようじ》作りが生業《なりわい》の……」

「楊枝……」

新八は、片岡市蔵の生業を知った。

「ええ。楊枝、評判は良いようですよ」

手代は笑った。

「で、その片岡さん、御新造《ごしんぞう》さんは……」

「一人暮らしです」

「一人暮らし……」

家作に住んでいる浪人の片岡市蔵は、一人暮らしで女っ気はなかった。

新八は、礼を云って手代と別れ、法明寺を眺めた。

法明寺は、住職玄海の朝のお勤めも終わって静けさに覆われていた。

楊枝作りの中年浪人の片岡市蔵……。

新八は、法明寺の古い土塀沿いに裏手に廻った。


古い土塀には裏木戸があった。

新八は、裏木戸から本堂の裏を覗いた。

裏庭には小さな雑木林《ぞうきばやし》があり、古い家作が見えた。

あの家だ……。

新八は、辺りの匂いを嗅《か》いだ。

だが、白粉の匂いはしなかった。

新八は、古い土塀越しに家作を窺った。

家作の狭い庭では、中年の浪人が洗濯《せんたく》をした下帯《したおび》や襦袢《じゅばん》を干していた。

片岡市蔵……。

新八は見定めた。

片岡市蔵は中肉中背であり、頭巾を被った小柄な武士より背は高かった。

頭巾を被った小柄な武士ではない……。

新八は、片岡市蔵を見守った。

僅かな刻が過ぎた。

人の来る気配がした。

新八は、素早く木陰に隠れた。

町方の女が、土塀沿いをやって来た。

女……。

新八は眉をひそめた。

町方の女は、二十歳前後の若い娘だった。

新八は、鼻を鳴らした。

今の処、白粉の匂いはしない……。

新八は見守った。

若い娘は裏木戸を入り、家作の戸口で家の中に声を掛けた。

「片岡さま、楊枝屋のおさきです」

「おう。おさきちゃん、庭だ」

片岡は、洗濯物を干しながら大声で告げた。

おさきは、庭に廻った。

「今日《こんにち》は……」

「やあ。楊枝は出来ているよ。上がってくれ」

片岡市蔵は、おさきと挨拶《あいさつ》を交わし、縁側《えんがわ》から家の中に入った。

「お邪魔します」

おさきは続いた。

木陰から家の中は見えない。

新八は焦り、片岡の家の中が見える処を探した。だが、都合の良い場所はなかった。

片岡とおさきの様子が見えないまま刻が過ぎた。

新八は苛立ち、古い土塀を乗り越えようとした。

「ありがとうございました」

おさきの声が聞こえた。

新八は、古い土塀を乗り越えるのを思い止まった。

「うん。御苦労さん。旦那に宜しくな」

片岡は、おさきを労《ねぎら》った。

「はい。じゃあ……」

おさきは、楊枝が入っていると思われる箱の包みを持って縁側を下りた。

片岡は、縁側に立って見送った。

おさきは、片岡に挨拶をし、風呂敷包《ふろしきづつ》みを抱えて家作から出て行った。

「気を付けてな……」

片岡は見送った。

どうする……。

此のまま片岡市蔵を見張るか、おさきを追うか……。

新八は迷った。

よし……。

新八は、おさきを追った。

三

寺の連なる往来《おうらい》には、物売りの声が長閑《のどか》に響いていた。

おさきは、風呂敷包みを持って法明寺脇の路地を出て、空き地の傍の道に進んだ。

新八は尾行《つけ》た。

おさきから白粉の匂いはしなかった。

新八は、おさきとの距離を詰めた。

だが、やはりおさきから白粉の匂いはしなかった。

おさきは、拘わりのない只《ただ》の楊枝屋の娘なのか、それとも必要な時だけ匂いを漂わせる程の白粉を塗るのか……。

おさきは、空き地の脇の道から旗本屋敷を抜け、北ノ天神真光寺の裏門を潜った。

新八は追った。

北ノ天神真光寺には参拝客が訪れていた。

おさきは、裏門から境内《けいだい》に進んで茶店の隣の楊枝屋に入った。

新八は見届けた。

楊枝屋は『天神屋《てんじんや》』と云う屋号であり、老亭主が様々な楊枝を売っていた。

娘は、北ノ天神境内の楊枝屋『天神屋』のおさき……。

新八は見張った。

おさきは、楊枝屋『天神屋』の老亭主と店番を代わった。

新八は、楊枝屋『天神屋』がどのような店で、おさきがどんな素性なのか聞き込みを始めた。

神田川には様々な船が行き交った。

小石川御門の袂には二人の羽織袴の武士が佇み、水戸藩江戸上屋敷を眺めていた。

水戸藩江戸上屋敷は表門を閉め、人の出入りも余りなかった。

神田川沿いの道を来た浪人が、水戸藩江戸上屋敷の前に佇んだ。

「菅原《すがわら》……」

小石川御門の袂にいた武士の一人は、佇んだ浪人を気にした。

「うん……」

菅原と呼ばれたもう一人の武士が緊張を滲ませて頷いた。

水戸藩江戸上屋敷の前に佇んでいた浪人は、表門の前を離れて水道橋の方に歩き出した。

「よし。俺が尾行る。西村《にしむら》は此の事を松木さまに報せてくれ」

菅原は告げ、浪人を追った。

「心得た」

西村と呼ばれた武士は頷き、水戸藩江戸上屋敷に走った。

菅原と西村は、水戸藩江戸目付頭の松木帯刀の配下であり、上屋敷を窺う不審な者を見張っていたのだ。

浪人は水道橋の袂を通り、湯島の聖堂《せいどう》前を抜けて尚《なお》も進んだ。

何処に行くのだ……。
菅原は尾行た。
浪人は、昌平橋の北詰に出て神田《かんだ》明神門前町《みょうじんもんぜんまち》の盛り場に進んだ。
菅原は追った。
浪人は、盛り場の外れにある一膳飯屋の暖簾《のれん》を潜った。
菅原は、一膳飯屋に駆け寄って店の中を窺った。
「何をしている」
男の怒声が背後で響いた。
菅原は振り返った。
刹那、菅原は突き飛ばされた。
菅原は、一膳飯屋の店内に倒れ込んだ。
先に入った浪人と店にいた浪人たちが驚き、立ち上がった。
二人の浪人が、続いて入って来た。
「小島《こじま》、此奴《こやつ》がお前を尾行ていたぞ」
浪人の一人が、菅原が尾行て来た浪人に報せた。

「何だと……」

菅原が尾行て来た小島と云う浪人は、熱《いき》り立《た》った。

「ち、違う。俺は尾行てなんかいない」

菅原は、声を震わせた。

「惚《とぼ》けるんじゃねえ」

浪人の一人は、菅原を蹴り飛ばした。

菅原は、仰け反り倒れた。

「手前、何者だ」

小島は、倒れた菅原の襟元《えりもと》を鷲摑《わしづか》みにした。

菅原は、顔を背《そむ》けた。

「吐け……」

小島は怒鳴った。

「そいつは、水戸藩の目付だろう」

浪人の片岡市蔵が入って来た。

「水戸藩の目付……」

小島たち浪人は、菅原を押さえ付けて取り囲んだ。

菅原は、激しく狼狽《うろた》えた。

「ああ。今、水戸藩にはいろいろ異変が起きていてな。目付たちが胡乱《うろん》な奴を厳しく警戒をしているようだ」

片岡は苦笑した。

「ならば此奴、俺を胡乱な奴だと……」

小島は、冷ややかに菅原を見据えた。

「ち、違う。俺は……」

菅原は、慌てて弁解しようとした。

「黙れ。無礼者……」

片岡は、菅原を張り飛ばした。

菅原は、口許に血を滲ませた。

「おぬし、名は……」

片岡は尋ねた。

菅原は俯《うつむ》いた。

「云わねば、両手の爪を剝《は》ぐ……」

片岡は、菅原に薄く笑い掛けた。

不気味な薄笑いだった。

「す、菅原秀一郎《しゆういちろう》だ……」

菅原は、声を引《ひ》き攣《つ》らせた。

「水戸藩目付の菅原秀一郎か……」

「ああ……」

菅原は、喉を鳴らして頷いた。

「小島を胡乱な奴と睨み、後を尾行た無礼、その落とし前を着けて貰う」

「落とし前……」

菅原は、戸惑いを浮かべた。

「ああ。水戸藩は菅原、おぬしの命に幾ら出すかな」

片岡は、嘲《あざけ》りを浮かべた。

「えっ……」

菅原は、浪人共が己の命を強請《ゆすり》に使おうとしているのに気が付いた。

「御三家の水戸藩を相手の強請か。そいつは面白い……」

小島たち浪人は笑った。

「帯刀、何かあったのか……」

兵庫は、目付頭の松木帯刀の用部屋に入った。

「おお。兵庫、結《むす》び文《ぶみ》が投げ込まれた」

松木は、折《お》り皺《じわ》の付いた一枚の文を兵庫に差し出した。

「結び文……」

兵庫は、差し出された結び文を読んだ。

「神田明神の盛り場に巣くう無頼《ぶらい》の浪人共が、目付の菅原秀一郎が無礼を働いたので捕らえた。無事に放免して欲しければ、詫び料を払えと……」

松木は、腹立たしそうに告げた。

「菅原、何をしていたのだ」

兵庫は、結び文を読み終わった。

「上屋敷を窺う者を西村と一緒に見張っていて、不審な浪人を追ったそうだ」

「その挙げ句、無頼の浪人共に囚《とら》われたのか……」

「若い女の尻を追うしか能のない愚か者が……」

松木は、苛立たしげに菅原を罵《ののし》った。

「して、今夜戌の刻五つ（午後八時）、柳森稲荷で菅原と詫び料の取引か……」

「うむ……」

「詫び料、幾らか書いてないが、幾ら払うつもりだ」

「菅原のような愚か者には一両も払いたくないが、十両が良い処だろう」

「十両……」

「うむ……」

「帯刀、果たして十両で片が付くかな」

兵庫は苦笑した。

「やってみる迄だ。一緒に来てくれるか……」

「うむ。そいつは構わぬが、帯刀、此奴《こいつ》も白粉の匂いを漂わせる頭巾を被った小柄な武士と拘わりがあるかもな……」

兵庫は読んだ。

「そう思うか……」

松木は眉をひそめた。

「うむ。今は何があっても不思議ではない」

兵庫は、厳しさを過《よぎ》らせた。

北ノ天神真光寺の境内の楊枝屋『天神屋』は、老亭主の吉兵衛《きちべえ》が昔から営《いとな》んでいる店であり、おさきは奉公人だった。

新八は、聞き込みを続けた。

おさきは、楊枝作りの浪人片岡市蔵の口利《くちき》きで楊枝屋『天神屋』に奉公しており、北ノ天神脇の古長屋から通っていた。

おさきと片岡市蔵は、昔からの知り合いなのだ。

新八は知った。

おさきは、明るい笑顔で馴染客《なじみきやく》に楊枝を売っていた。

よし……。

新八は、兵庫に報せに走った。

楊枝作りの浪人片岡市蔵と楊枝屋の奉公人のおさき……。

兵庫は、新八の報せを受けた。

「して、そのおさき、白粉の匂いはしないのだな」

兵庫は訊いた。

「はい。普段は白粉を塗らず、頭巾を被って武士を装う時だけ白粉を塗るのかも

「……」

新八は読んだ。

「うむ。新八、おさきは今夜、動くかもしれぬ」

「今夜……」

「うむ。実はな……」

兵庫は、目付の菅原秀一郎が無頼の浪人共に拉致《らち》され、今夜金を払って菅原の身柄を取り戻す事になっていると告げた。

「そのような……」

新八は驚いた。

「うむ。ひょっとしたら、菅原の一件、頭巾を被った小柄な武士と拘わりがあるのかもしれぬ」

兵庫は睨んだ。

「はい……」

「新八、おさきから眼を離すな」

兵庫は命じた。

「心得ました」

新八は、緊張に喉を鳴らして頷いた。

「浪人の片岡市蔵か……」

兵庫は、柳森稲荷で遣《や》り合《あ》った忍びの者を思い浮かべた。


夕陽が沈み始めた。

北ノ天神真光寺の参拝客は途絶えた。

楊枝屋『天神屋』は店仕舞いをした。

おさきは、老亭主の吉兵衛に挨拶をして北ノ天神脇の古長屋に帰った。

新八は、充分な距離をとって慎重に尾行た。

おさきは、北ノ天神脇にある古長屋の家に入った。

新八は見届け、古長屋の向かい側の家並みの路地に潜み、見張りに就《つ》いた。

日は暮れた。

新八は、見張り続けた。

半刻が過ぎた。

片岡市蔵と頭巾を被った小柄な武士が、古長屋の木戸から出て来た。

いつの間に片岡市蔵が……。

新八は、戸惑いながらも素早く路地の奥に隠れた。

片岡市蔵と頭巾を被った小柄な武士は、新八の潜む路地の前を抜け、本郷の通りに向かった。

白粉の匂いが漂った。

新八は追った。

戌の刻五つ（午後八時）が近付いた。

目付頭の松木帯刀は、配下の目付たちを柳森稲荷前の空き地に潜ませた。

そして、松木は二人の目付を従えて柳森稲荷に向かった。

兵庫は、松木たち目付とは別に一人で柳森稲荷に進んだ。

神田川を行く船の櫓の軋みは、甲高く夜空に響いていた。

松木帯刀と二人の配下は、柳森稲荷の鳥居の前に佇んだ。

戌の刻五つを告げる鐘の音が、遠くから響いて来た。

松木と二人の配下は、緊張を滲ませて周囲の闇を窺った。

小島たち五、六人の浪人が、後ろ手に縛り上げた菅原秀一郎を引き立てて空き地に入って来た。

「菅原……」

配下の目付が声を掛けた。

「おう。松木のお頭、みんな……」

菅原はへらへらと笑い、千鳥足《ちどりあし》だった。

「酔っているのか……」

松木は眉をひそめた。

「菅原秀一郎、酒にもだらしのない奴だな」

小島たち浪人は嘲笑《ちょうしょう》した。

菅原は、酒を飲まされて酔い潰れる寸前になっていた。

「詫び料なるものを持参した。菅原の身柄を渡して貰おう」

松木は進み出た。

「詫び料、幾らだ」

小島は、松木に笑い掛けた。

「二十両だ」

松木は、腹立たしげに告げた。

「菅原、おぬしの命、二十両だ。随分と安いもんだな」

小島たちは笑った。

「黙れ。菅原をさっさと渡して貰おう」

松木は苛立った。

「たった二十両の値の菅原だ。何が何でも返して欲しい代物でもあるまい。先ずは二十両、渡して貰おう」

小島は告げた。

「ならば、引き換えだ」

松木は、袱紗《ふくさ》に包んだ二十両を手にし、小島たち浪人と菅原に向かった。

小島と二人の浪人が、よろめく菅原を連れて進み出た。

「金を渡せ……」

小島は、松木に手を差し出した。

「菅原を……」

松木は告げた。

二人の浪人は、菅原を離した。

小島は、松木の手から袱紗包みを奪った。

松木と二人の配下は、よろめく菅原を摑まえて引き下がろうとした。

小島たち無頼の浪人が、松木と配下の二人の目付、菅原に襲い掛かった。

菅原がよろめき、背中を袈裟《けさ》に斬られて仰け反り倒れた。

「おのれ……」

松木と二人の目付は、襲い掛かる小島たち浪人と必死に斬り結んだ。

闇に潜んでいた松木配下の目付たちが現れ、小島と無頼の浪人たちを取り囲んだ。

小島たち無頼の浪人たちは怯《ひる》んだ。

四

「誰に頼まれての所業だ」

松木は、問い質した。

「頼まれちゃあいない……」

小島は、腹立たしげに吐き棄てた。

「ならば、企んだのは誰だ」

松木は、重ねて訊いた。
「それは……」
小島は、無頼の浪人たちを見廻した。
次の瞬間、取り囲んでいた松木配下の目付の一人が倒れた。
松木たち目付は身構えた。
小島たち無頼の浪人は、猛然と反撃に出た。
松木たち目付は斬り結んだ。
だが、目付たちは次々に倒れていった。
手裏剣だ。
「伏せろ……」
松木は配下に怒鳴り、飛来した手裏剣を咄嗟に叩き落とした。
落ちた手裏剣は八方手裏剣だった。
刹那、現れた兵庫が地を蹴って跳び、胴田貫を闇に向かって斬り下げた。
忍びの者が闇から大きく飛び退き、八方手裏剣を兵庫に放った。
兵庫は、胴田貫を閃かせて飛来する八方手裏剣を叩き落とした。
忍びの者は怯んだ。

「浪人共を斬り棄てろ」

松木は命じた。

配下の目付たちは、小島たち浪人に猛然と斬り掛かった。

小島たち浪人は、次々に斬られて後退した。

「容赦《ようしゃ》は無用……」

松木たち目付は、逃げる小島たち浪人を追って容赦なく斬り倒した。

兵庫は、胴田貫を構えて怯んだ忍びの者に大きく踏み込んだ。

忍びの者は、迫る兵庫に分銅《ふんどう》を放った。

分銅は鎖を伸ばして兵庫に迫った。

兵庫は、咄嗟に躱した。

忍びの者は、左右の手から分銅を交互に放った。

兵庫は、飛来する分銅を必死に躱した。

分銅の先は尖《とが》った刃《やいば》になっており、木の幹を鋭く抉《えぐ》った。

「やはりお前か、伊賀の平蔵を斃した黒木兵庫は……」

忍びの者は、兵庫を見据えた。

「伊賀の平蔵、縁《ゆかり》の者か……」

兵庫は読んだ。
忍びの者は、二つの分銅を巧みに操《あやつ》り、兵庫に迫った。
分銅は鎖を伸ばして飛来した。
兵庫は、身体を開いて分銅を躱し、伸びた鎖に胴田貫を斬り下げた。
鎖が断ち斬られ、分銅は闇に飛び去った。
忍びの者は怯んだ。
兵庫は、忍びの者に迫って胴田貫を鋭く閃かせた。
忍びの者は覆面を斬り飛ばされ、素顔を露《あらわ》にした。
現れた顔は、中年浪人の片岡市蔵だった。
「片岡市蔵だな……」
兵庫は睨んだ。
「黙れ……」
片岡市蔵は、忍び刀を抜いて兵庫に斬り掛かった。
兵庫は斬り結んだ。
片岡は地を蹴り、闇に跳んで兵庫に斬り付けた。
兵庫は、胴田貫を唸らせた。

閃きが縦横に走った。

片岡は右肩を斬られ、血を飛ばして忍び刀を落とした。

「此迄《これまで》だ、片岡市蔵……」

兵庫は、立ち尽くした片岡に胴田貫を突き付けた。

その時、白粉の匂いが兵庫の鼻を衝《つ》いた。

兵庫は、咄嗟に飛び退いた。

無数の煌めきが、兵庫のいた処を飛び抜けて木の幹に深々と食い込んだ。

煌めきは小さな鉄玉だった。

兵庫は、胴田貫を正眼《せいがん》に構えた。

しかし、小さな鉄玉を打ち払うのは無理であり、身体に受ければ皮膚《ひふ》を破って肉に食い込む。

兵庫は緊張した。

頭巾を被った小柄な武士が、白粉の匂いを漂わせて闇から現れた。

「水戸藩御刀番頭の黒木兵庫か……」

頭巾を被った小柄な武士は、兵庫を冷たく見据えて女の声で訊いた。

「何者だ……」

「伊賀の朧《おぼろ》……」
頭巾を被った小柄な武士は、伊賀の朧と名乗った。
「伊賀の朧……」
兵庫は、伊賀の朧を見据えて躙《にじ》り寄《よ》った。
朧は、頭巾の下の眼に嘲りを浮かべ、滑《すべ》るように退《さが》った。
兵庫は踏み込み、間合いを詰めようとした。
だが、霧《きり》が湧き、朧の姿を飲み込んだ。
兵庫は、霧の中に踏み込むのを止めた。
踏み込めば、無数の鉄の玉が煌めきながら襲い掛かって来る。
霧の中で、飛来する無数の鉄の玉は躱しようがない。
此迄だ……。
兵庫は苦笑した。
僅かな刻が過ぎた。
霧は晴れ、柳森稲荷前の空き地に虫の音が響き始めた。
伊賀の朧と片岡市蔵は消え、松木たち目付や小島たち無頼の浪人も既にいなかった。

兵庫は、胴田貫を一振りして鋒《きつさき》から血を飛ばし、拭《ぬぐ》いを掛けて鞘に納めた。

「兵庫さま……」

新八が駆け寄って来た。

「新八。伊賀の朧、楊枝屋のおさきか……」

「はい。間違いありません」

新八は頷いた。

「伊賀の朧、女忍びか……」

兵庫は眉をひそめた。

夜は更け、闇は深まった。


翌日、兵庫は目付頭松木帯刀の用部屋を訪れた。

松木は、茶を淹《い》れて兵庫を迎えた。

「して、無頼の浪人共は……」

兵庫は尋ねた。

「うむ。皆、斬り棄てた」

松木は、冷徹に告げた。

「そうか。菅原秀一郎は……」

　兵庫は尋ねた。

「酒に酔い潰され、無頼の浪人に斬られて死んだ」

　松木は告げた。

「そうか。菅原秀一郎、可哀想な事をしたな」

　兵庫は哀れんだ。

「己が尾行を失敗した所為《せい》だ。仕方があるまい。して、忍びの者はどうした」

「うむ。忍びの者、片岡市蔵と云ってな。伊賀の平蔵縁《ゆかり》の忍びだった」

　兵庫は告げた。

「やはりな。で、斃《たお》したのか……」

「右肩に深手を負わせた。おそらく二度と得物《えもの》は操《あやつ》れまい」

「斃せなかったのか……」

「うむ、頭巾を被った小柄な武士が白粉の匂いを漂わせて現れてな」

「頭巾を被った小柄な武士だと……」

　松木は眉をひそめた。

「うむ。伊賀の朧。やはり、伊賀の平蔵と縁があるようだ」

「伊賀の朧。して……」

「片岡市蔵を連れて逃げた」

「伊賀の女忍びか……」

松木は読んだ。

「おそらくな……」

「ならば、家中の者を未だ狙うか……」

「それはあるまい……」

「何故《なにゆえ》だ」

「伊賀の平蔵を斃したのが、御刀番頭の黒木兵衛だと知ったからだ」

「では……」

「うむ。伊賀の平蔵を斃した者を捜す為、家中の者を襲った。だが、もう……」

「黒木兵庫だと知り、家中の者を襲う事はないか……」

松木は睨んだ。

「うむ……」

兵庫は頷いた。

「ならば……」

「始末は俺がする」

「兵庫……」

「殿が手に入れた刀匠井上真改の作と思われる無銘の刀の切れ味を試すのも、御刀番の役目でな」

兵庫は笑った。


井上真改と思われる無銘の刀の刀身は、燭台の明かりを受けて鈍色《にびいろ》に輝いた。

兵庫は、刀身に打ち粉《うちこ》を丁寧《ていねい》に叩いて拭いを掛けた。

「兵庫さま……」

新八が、侍長屋の腰高障子を開けて入って来た。

「現れたか……」

「はい。表門の前に白粉の匂いが……」

新八は報せた。

「よし……」

兵庫は、手入れをしていた井上真改らしき無銘の刀を腰に差して侍長屋を出た。

新八は、胴田貫を手にして続いた。
兵庫は、水戸藩江戸上屋敷の表門前に出た。
白粉の匂いが漂っていた。
兵庫は、夜の闇を見廻した。
夜の闇には神田川の流れの音が微かに響き、白粉の匂いが漂っていた。
兵庫は、白粉の匂いの出処《でどころ》を探した。
白粉の匂いは、神田川に架かっている水道橋の方から漂って来た。
よし……。
兵庫は、水道橋に向かった。

月影は神田川の流れに揺れていた。
兵庫は、神田川に架かっている水道橋の北詰に佇み、南詰の闇を窺った。
南詰の闇に煌めきが浮かんだ。
兵庫は、水道橋の欄干《らんかん》に身を隠した。
無数の鉄の玉が飛び抜け、幾つかが欄干に食い込んだ。

兵庫は、身を低くして水道橋を走った。

水道橋の上に頭巾を被った小柄な武士、伊賀の朧が現れた。

鉄の玉を放つ間は与えない……。

兵庫は一気に走り、伊賀の朧と擦れ違い態《ざま》に井上真改を一閃《いっせん》した。

伊賀の朧は跳んで躱した。

頭巾が斬り飛ばされた。

総髪《そうはつ》を髷《まげ》のように束ねたおさきの顔が、頭巾の下から現れた。

「伊賀の朧か……」

兵庫は、朧を鋭く見据えた。

「水戸藩御刀番頭黒木兵庫、伊賀の平蔵の無念を晴らす」

朧は、羽織を脱ぎ棄てて忍び姿になった。

「伊賀の平蔵の娘か……」

兵庫は睨んだ。

「さあて、そいつはどうかな……」

朧は、嘲りを浮かべて手鉾《てぼこ》を構えた。

手鉾……。

女忍びが、手鉾を使うのは珍しい。
兵庫は、戸惑いを覚えながら井上真改らしき刀を構えた。
朧は、手鉾を構えて水道橋の床板を蹴り、猛然と兵庫に突進した。
井上真改らしき刀は、月光を浴びて鈍色に輝いた。
兵庫と朧は、鋭く斬り結んだ。
井上真改らしき刀は輝き、手鉾は唸った。
朧の操る手鉾は、ずっしりと重い手応えがあった。
男のような重い斬り込みだ。
兵庫は、微かに戸惑った。
「死ね……」
朧は、手鉾を斬り下げた。
兵庫は、咄嗟に井上真改と思われる刀を横薙ぎに一閃した。
刃の嚙み合う甲高い音がなり、井上真改と思われる刀身が折れて夜空に飛んだ。
しまった……。
井上真改らしき刀の刀身が折れたのだ。

兵庫は、思わず後退りした。
朧は、手鉾で斬り立てた。
兵庫は必死に躱し、後退《あとずさ》りした。
手鉾は唸りと輝きを放ち、兵庫に鋭く襲い掛かった。
朧は、美しい顔を厳しく歪《ゆが》め、手鉾を鋭く振るった。
男のような力強い斬り込みだ……。
兵庫は、斬り込んで来る朧が男のように思えた。
朧は艶然《えんぜん》と微笑み、手鉾を構えて兵庫に迫った。
兵庫は、追い詰められた。
朧は、手鉾を鋭く唸らせた。
兵庫は、大きく身を投げ出して躱した。
「兵庫さま……」
新八の声がした。
兵庫は、新八の声のした方を見た。
闇から胴田貫が飛んで来た。
朧は、手鉾を上段から斬り下げた。

兵庫は、胴田貫を受け取って横薙ぎの一刀を放った。

閃光が十字に交錯した。

兵庫と朧は凍《い》て付《つ》いた。

朧の着物の胸元が横薙ぎに斬られ、逞《たくま》しい胸元から血が流れていた。

兵庫は、眼を瞠《みは》った。

朧の血の流れる胸には、乳房がなく引き締まった筋肉があるだけだった。

「朧、おぬし、男か……」

兵庫は呆然《ぼうぜん》とした。

「黒木兵庫……」

朧は、艶然たる微笑みを残し、横倒しに崩れ落ちた。

兵庫は、息を鳴らして斃れた朧を見下ろした。

「兵庫さま……」

新八が、駆け寄って来た。

「助かったぞ。新八」

「はい……」

新八は、嬉《うれ》しげに笑った。

「うむ。新八、朧は男だ」

兵庫は教えた。

「えっ。そんな……」

新八は、戸惑いながら斃れている朧の身体を検めた。

「兵庫さま……」

新八は、呆然とした面持ちで頷いた。

「うむ……」

「それから此《これ》を……」

新八は、兵庫に朧の左の二の腕を見せた。

朧の左の二の腕には、『平蔵命』の彫《ほ》り物《もの》があった。

「どうやら伊賀の朧、身体は男でも顔と心は女だったようだな」

兵庫は、女のように美しい死に顔の朧に手を合わせた。

「御苦労だったな……」

目付頭の松木帯刀は、兵庫を労った。

「うむ……」

兵庫は苦笑した。

「それにしても伊賀の朧、男だったとはな」

「女のように美しい顔の男。どんな素性の者なのか……」

兵庫は、伊賀の朧に思いを馳《は》せた。

「ま、何れにしろ、此で終わりにして欲しいものだ」

松木は苦笑した。

「うむ……」

「して、井上真改らしき無銘の刀はどうした」

「どうやら、俺の目利《めき》き違いだったようだ」

兵庫は苦笑した。

「ほう。兵庫でも目利き違いがあるか……」

「当たり前だ。目利きは奥が深く難しい……」

「そうか。そいつは残念だったな」

「うむ。だが、殿に恥を掻《か》かせずに済んで良かった」

兵庫は、安堵《あんど》を滲ませた。

「そうだな……」

松木は頷いた。

「兵庫さま。そろそろ向島に……」

新八が、戸口に現れた。

「うむ……」

「おお、そうか、今日は京之介さまとお眉の方さまの御機嫌伺いに行く日か……」

松木は気が付いた。

「うむ。ならば帯刀……」

「おう。京之介さまに宜しくお伝えしてくれ」

「心得た」

「ではな……」

松木は、御刀番頭の用部屋から出て行った。

「よし、行くか……」

兵庫は、京之介とお眉の方の笑顔を思い浮かべ、胴田貫を手にして立ち上がった。

胴田貫は心地好い重さだった……。

この作品は双葉文庫のために書き下ろされました。

双葉文庫

ふ-16-67

新《しん》・御刀番《おかたなばん》 黒木《くろき》兵庫《ひようご》

無双流《むそうりゆう》仕置剣《しおきけん》

2025年1月15日　第1刷発行

【著者】

藤井《ふじい》邦夫《くにお》
©Kunio Fujii 2025
【発行者】

箕浦克史

【発行所】

株式会社双葉社

〒162-8540 東京都新宿区東五軒町3番28号

［電話］03-5261-4818(営業部)　03-5261-4868(編集部)

www.futabasha.co.jp(双葉社の書籍・コミックが買えます)

【印刷所】

中央精版印刷株式会社

【製本所】

中央精版印刷株式会社

【フォーマット・デザイン】

日下潤一

落丁・乱丁の場合は送料双葉社負担でお取り替えいたします。「製作部」宛にお送りください。ただし、古書店で購入したものについてはお取り替えできません。［電話］03-5261-4822(製作部)

定価はカバーに表示してあります。本書のコピー、スキャン、デジタル化等の無断複製・転載は著作権法上での例外を除き禁じられています。本書を代行業者等の第三者に依頼してスキャンやデジタル化することは、たとえ個人や家庭内での利用でも著作権法違反です。

ISBN978-4-575-67226-8 C0193

Printed in Japan

朝井まかて
残り者
長編時代小説
大奥、最後のとき。なにゆえ五人の女中は、御殿にとどまったのか!? 激動の幕末を生きぬいた女たちの物語。

池波正太郎
元禄一刀流
時代小説短編集
〈新装版〉
著者が著した短編で、文庫未収録だった作品を厳選して文庫化した作品集の新装版。読みごたえたっぷりで、おもしろさも抜群!

藤井邦夫
新・知らぬが半兵衛手控帖
曼珠沙華《まんじゆしやげ》
時代小説
〈書き下ろし〉
藤井邦夫の人気を決定づけた大好評の「知らぬが半兵衛手控帖」シリーズ。その続編が4年ぶりに書き下ろし新シリーズとしてスタート!

藤井邦夫
新・知らぬが半兵衛手控帖
思案橋《しあんばし》
時代小説
〈書き下ろし〉
楓川に架かる新場橋傍で博奕打ちの猪之吉が死体で発見された。探索を始めた半兵衛の前に猪之吉の情婦の家の様子を窺う浪人が姿を現す。

藤井邦夫
新・知らぬが半兵衛手控帖
緋牡丹《ひぼたん》
時代小説
〈書き下ろし〉
奉公先で殺しの相談を聞いたと、見知らぬ娘が半兵衛を頼ってきた。五年前に死んだ鶴次郎の半纏を持って……。大好評シリーズ第三弾!

藤井邦夫
新・知らぬが半兵衛手控帖
名無《なな》し
時代小説
〈書き下ろし〉
殺しの現場を見つめる素性の知れぬ老人。後を追った半兵衛に権兵衛と名乗った老爺は何を隠しているのか。大好評シリーズ待望の第四弾!

藤井邦夫
新・知らぬが半兵衛手控帖
片えくぼ
時代小説
〈書き下ろし〉
音次郎が幼馴染みのおしんを捜すと、おしんは思わぬ事件に巻き込まれていた……。粋な人情裁きがますます冴える、シリーズ第五弾!

藤井邦夫
新・知らぬが半兵衛手控帖
狐の嫁入り
時代小説
〈書き下ろし〉
行方知れずだった薬種問屋の若旦那が嫁を連れて帰ってきた。その嫁、ゆりに不審な動きが。知らん顔がかっこいい、痛快な人情裁き!

藤井邦夫
新・知らぬが半兵衛手控帖
隠居の初恋
時代小説
〈書き下ろし〉
吟味方与力・大久保忠左衛門の友垣が年甲斐もなく、後家に懸想しているかもしれない。連れ立って歩く二人を白縫半兵衛が尾行ると……。

藤井邦夫
新・知らぬが半兵衛手控帖
戯《たわ》け者
時代小説
〈書き下ろし〉
昼間から金貸し、女郎屋、賭場をめぐる。旗本の部屋住みの、絵に描いたような戯け者を尾行た半兵衛たちは、その隠された意図を知る。

藤井邦夫
新・知らぬが半兵衛手控帖
招き猫
時代小説〈書き下ろし〉

ある晩、古い茶店に何者かが忍び込み、床下に大きな穴を掘っていった。何も盗まず茶店を後にした者の目的とは⁉ 人気シリーズ第九弾。

藤井邦夫
新・知らぬが半兵衛手控帖
再縁話
時代小説〈書き下ろし〉

臨時廻り同心の白縫半兵衛に、老舗茶道具屋の出戻り娘との再縁話が持ち上がった。だが、その茶道具屋の様子を窺う男が現れ……。

藤井邦夫
新・知らぬが半兵衛手控帖
古傷痕《ふるきず》
時代小説〈書き下ろし〉

顔に古傷のある男を捜す粋な形の年増女。湯島天神の奇縁氷人石に託したその想いとは⁉ 人気時代小説、シリーズ第十一弾。

藤井邦夫
新・知らぬが半兵衛手控帖
一周忌
時代小説〈書き下ろし〉

愚か者と評判の旗本の倅・北島右京が姿を消した。さらに右京と連んでいた輩の周辺には総髪の浪人の影が……。人気シリーズ第十二弾。

藤井邦夫
新・知らぬが半兵衛手控帖
偽坊主
時代小説〈書き下ろし〉

質屋や金貸しの店先で御布施を貰うまで経を読み続ける托鉢坊主。怒鳴られても読経をやめぬ坊主の真の狙いは？ 人気シリーズ第十三弾。

藤井邦夫

新・知らぬが半兵衛手控帖
天眼通《てんがんつう》

時代小説
〈書き下ろし〉

往来で馬に蹴られた後、先の事を見透す不思議な力を授かった子守娘のおたま。奉公先の隠居が侍に斬られるところを見てしまい……。

藤井邦夫

新・知らぬが半兵衛手控帖
埋蔵金

時代小説
〈書き下ろし〉

埋蔵金騒動でてんやわんやの鳥越明神。そんな中、境内の警備をしていた寺社方の役人が殺害された。知らん顔の半兵衛が探索に乗り出す。

藤井邦夫

新・知らぬが半兵衛手控帖
隙間風

時代小説
〈書き下ろし〉

藪医者と評判の男を追いまわす小柄な年寄りがいた。その正体は盗人〈隙間風の五郎八〉。北町同心の白縫半兵衛は不審を抱き探索を始める。

藤井邦夫

新・知らぬが半兵衛手控帖
律義者

時代小説
〈書き下ろし〉

旗本成島家当主の平四郎が嫡男の元服後に姿を消した。白縫半兵衛が探索を開始すると、平四郎の朋友がある女の行方を追い始める。

藤井邦夫

新・知らぬが半兵衛手控帖
お多福

時代小説
〈書き下ろし〉

欲に目がくらんで大金を騙し取られた小間物屋の主・宗兵衛の身に降りかかった災難。同心の白縫半兵衛がその仕掛け人を追う！

藤井邦夫
新・知らぬが半兵衛手控帖
出戻り
時代小説
〈書き下ろし〉
大店の一人娘と働き者で評判の若き奉公人。人目を忍ぶ二人の仲は道ならぬ恋か、それとも勾引しか!? 白縫半兵衛の人情裁きが冴える！

藤井邦夫
新・知らぬが半兵衛手控帖
守り神
時代小説
〈書き下ろし〉
野菜売りの百姓を脅す若侍の前に、初老の浪人が立ちはだかった。強請集りを繰り返す若侍の周辺に頻繁に姿を現す浪人者の正体とは!?

藤井邦夫
新・知らぬが半兵衛手控帖
金貸し
時代小説
〈書き下ろし〉
昌平橋の袂で金貸しと取立屋が斬殺された。探索を始めた半兵衛は、金貸しが保管していた証文の中に、ある武家の名前を見つけるが――。

藤井邦夫
新・知らぬが半兵衛手控帖
古馴染
時代小説
〈書き下ろし〉
小間物屋の一人娘で、小町娘と評判のおゆきが姿を消した。半兵衛が探索を開始すると、おゆきの無事を知らせる結び文が投げ込まれ――。

藤井邦夫
新・知らぬが半兵衛手控帖
影の男
時代小説
〈書き下ろし〉
博奕打ちの死体が真夜中の妻恋稲荷で見つかった。同心の白縫半兵衛は、境内から立ち去った頰被りの男「弥七」を捜し始めたのだが――。

“御刀番”シリーズ エピソード0《ゼロ》

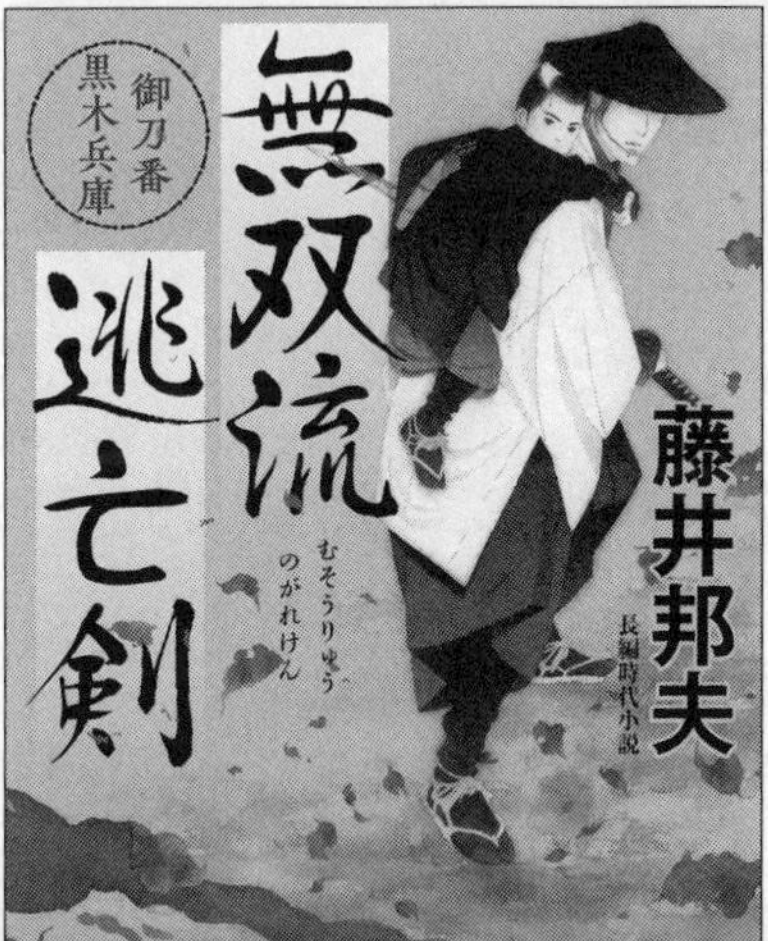

御刀番 黒木兵庫

『無双流逃亡剣《のがれけん》』

重版出来！

生きるか死ぬか
かりそめ父子、
修羅の道行き

全国書店にて絶賛発売中！

裏柳生の標的は、水戸藩主斉脩の庶子・虎松。
水戸から江戸へ三十里、御刀番黒木兵庫と虎松の逃避行が始まる！

怒濤の長編時代エンターテインメント！